共和国青海记忆丛书

藏羚羊背上的可可西里

zanglingyang beishang de kekexili

王宗仁　著

青海人民出版社

图书在版编目（CIP）数据

藏羚羊背上的可可西里 / 王宗仁著. -- 西宁：青海人民出版社，2019.9（2021.4 重印）
（共和国青海记忆丛书）
ISBN 978-7-225-05833-7

Ⅰ. ①藏… Ⅱ. ①王… Ⅲ. ①报告文学—作品集—中国—当代 Ⅳ. ① I25

中国版本图书馆 CIP 数据核字 (2019) 第 213986 号

共和国青海记忆丛书
藏羚羊背上的可可西里
王宗仁　著

出 版 人　樊原成
出版发行　青海人民出版社有限责任公司
西宁市五四西路 71 号　邮政编码：810023　电话：（0971）6143426（总编室）
发行热线　（0971）6143516 / 6137730
网　　址　http://www.qhrmcbs.com
印　　刷　青海西宁印刷厂
经　　销　新华书店
开　　本　890 mm × 1240 mm　1/32
印　　张　6.25
字　　数　150 千
版　　次　2019 年 11 月第 1 版　2021 年 4 月第 3 次印刷
书　　号　ISBN 978-7-225-05833-7
定　　价　32.00 元

目　录

MULU

藏羚羊跪拜

当天，他没有出猎，在山坡上挖了个坑，将那只藏羚羊连同它那没有出世的孩子掩埋了。同时埋掉的还有他的杈子枪……

这是听来的一个西藏故事。发生故事的年代距今有好些年了。可是，我每次乘车穿过藏北无人区时总会不由自主地想起这个故事的主人公——那只将母爱浓缩于深深一跪的藏羚羊。

那时候，乱逮、枪杀野生动物是不受法律惩罚的。就是在今天，可可西里的枪声仍然带着罪恶的余音低回在自然保护区巡视卫士们的脚印难以到达的角落。当年举目可见的藏羚羊、野马、野驴、雪鸡、黄羊等，眼下已经成为凤毛麟角了。

当时，经常跑藏北的人总能看见一个肩披长发，留着浓密大胡子，脚蹬长筒藏靴的老猎人在青藏公路附近活动。那支磨得油光闪亮的杈子枪斜挂在他身上，身后的两头藏牦牛驮着沉甸甸的各种猎物。他无名无姓，云游四方，朝别藏北雪，夜宿江河源，饿时大火煮黄羊肉，渴时一碗冰雪水。猎获的那些皮张自然会卖来一些钱，他除了自己消费一部分外，更多地用来救济路遇的朝圣者。那些磕长头去拉萨朝拜的藏家人心甘情愿地走一条布满艰难和险情的漫漫长路。每次老猎人在救济他们时总是含泪祝愿:上苍保佑,平安无事。

杀生和慈善在老猎人身上共存。促使他放下手中的杈子枪是在发生了这样一件事以后——应该说那天是他很有福气的日子。大清早，他从帐篷里出来，伸伸懒腰，正准备要喝一铜碗酥油茶时，突然瞅见两步之遥对面的草坡上站立着一只肥肥壮壮的藏羚羊。他眼睛一亮，送上门来的美事！沉睡了一夜的他浑身立即涌上来一股清爽的劲头，丝毫没有犹豫，就转身回到帐篷拿来了杈子枪。他举枪瞄了起来，奇怪的是，那只肥壮的藏羚羊没有逃走，只是用乞求的眼神望着他，然后冲着他前行两步，两条前腿扑通一声跪了下来。与此同时只见两行长泪就从它眼里流了出来。老猎人的心头一软，扣扳机的手不由得松了一下。藏区流传着一句老幼皆知的俗语："天上飞的鸟，地上跑的鼠，都是通人性的。"此时藏羚羊给他下跪自然是求他饶命了。他是个猎手，不被藏羚羊的哀求打动是情理之中的事。他双眼一闭，扳机在手指下一动，枪声响起，那只藏羚羊便栽倒在地。它倒地后仍是跪卧的姿势，眼里的两行泪迹也清晰地留着。

那天，老猎人没有像往日那样当即将猎获的藏羚羊开宰、扒皮。他的眼前老是浮现着给他跪拜的那只藏羚羊。他感觉有些蹊跷，藏羚羊为什么要下跪？这是他几十年狩猎生涯中唯一见到的一次情景。夜里躺在地铺上他也久久难以入眠，双手一直颤抖着……

次日，老猎人怀着忐忑不安的心情对那只藏羚羊开膛扒皮，他的手仍在颤抖。腹腔在刀刃下被打开了，他吃惊得叫出了声，手中的屠刀咣当一声掉在地上……原来在藏羚羊的子宫里，静静卧着一只小藏羚羊，它已经成形，但自然是死了。这时候，老猎人才明白为什么藏羚羊的身体肥肥壮壮，也才明白它为什么要弯下笨重的身子为自己下跪：它是求猎人留下自己孩子的一条命呀！

天下所有慈母的跪拜，包括动物在内，都是神圣的。

老猎人的开膛破肚半途而停。

当天，他没有出猎，在山坡上挖了个坑，将那只藏羚羊连同它没有出世的孩子掩埋了，同时埋掉的还有他的杈子枪……

从此，这个老猎人在藏北草原上消失了，没有人知道他的下落。

藏羚羊背上的可可西里

藏羚羊，你快点跑。跑成一条流线，与地平线一样美丽的流线。你可否注意到你的背上驮着可可西里，那是祖国扇动的羽翅，它充盈着奇光异彩，那是一位“美丽的少女”！

这个世界上有些事情很奇特，这个世界上有些事情却很平常。奇特的一直奇特着，久而久之也就淡为平常了。真有这事？可可西里为证。

这四个字透着怪味，好像从国外引进而来。我相信任何一个第一次触摸它的人，大多不明其意。尤其是近些年，因了藏羚羊这个精灵突如其来地闯进国人生活，“可可西里”这四个字的出镜率一路飙升。从乡间打麦场的草庵到城街胡同游的三轮车上，多少人都津津乐道可可西里。不甘寂寞的人总是乘这乐和劲出来凑热闹，他们像选到了黄道吉日似的，凭着从半道截来的那点儿一知半解的资料，再加上合理的虚拟和想象，今日编一个藏羚羊蓝色的梦，明天写一部可可西里畅想曲。哇！原本一过客俨然成了高原的“受害者”，缺氧把他们撞击得死去活来。可可西里严重缺氧吗？看看他们笔下解释的可可西里这四个字的含意：“美丽的藏羚羊故乡”。

就这样，原本一块清纯的净土，被这些“半路杀出的程咬金”炒得沸沸扬扬，好像成了嫁不出去的姑娘。

“可可西里”一词系蒙古语，译成汉语是“神秘的少女”或“美丽的少女”的意思。也有人译为“青色的山梁”或“青色的高原”。

可可西里是人世间一块少见的神奇土地，这是不争的事实。我曾数十次亲临它，每次到了那里或在遥远的京都想到遥远的它时，总会有这样一种舒爽的感觉：犹如无声的雪，落在窗台的干枝梅上，雪化了，梅更让人耐看。

这就是可可西里？

够诗意了，也很浪漫。只是虚了点，太缥缈。此刻，午夜。世界在另一边睡去，可可西里却醒着，咚咚咚的蹄声。藏羚羊！我开始和它交谈，窃窃私语……

神奇的可可西里，究竟神在哪里，奇在何处？

神在它有一种野性的原始，荒芜的壮阔。奇在它托着昆仑山、唐古拉山和冈底斯山这三座中国的大山，怀抱着长江、黄河、澜沧江的发源地。可可西里有多大的胃口呀，它把横跨在新疆、青海、西藏三省区的一块呈现着雪峰、冰川、河流、湖泊、峡谷、温泉、草甸、沼泽、盆地、丘陵的高山台地，紧而不松地夹持于中间。这是除南极、北极之外的世界第三大无人区，被称为地球“第三极”。旷世罕见的雄伟峰峦装点着神秘的可可西里，它本身的平均海拔高度已经超过了4000米，从昆仑山口开始踏上它的边沿时就站在海拔4300米处了，所以走进可可西里的感觉始终是踏跨着一片坡度很缓的川地，少去了攀山登岭的险要。当然缺氧的折磨时刻存在着。这是科学测试的结论:海拔每升高100米,年平均地温下降1摄氏度，冻土厚度就增加20米。这里广泛分布着大面积的永冻层，紫外线特别强烈，只需在可可西里步行一会儿，脸庞就轻而易举地变得红扑扑的像一块岩石的色泽了。气候燥热，温差很大，常年严寒。空气中的含氧量还不足内地的一半，人类难以长久住留。为数不多的游牧而来的藏族、蒙古族、哈萨克族牧人，只在水草丰茂的季节偶尔露面阳坡山坡。游牧人是飘忽不定的云，择水而栖，择草而栖，择太阳而栖。这当然是旧皇历了,今日的可可西里已经摘掉了“无人区”的帽子。1954年青藏公路通车，解放军率先成了可可西里第一代公民，紧接着公路沿线建起了道班房，养路工也落户了。恶劣的自然环境无情地改造和磨炼着他们，他们也以超凡的坚毅和赤诚改造着大自然。水引来了，树栽活了，菜种出来了。正是在这种征服和被征服的拉锯式较量中，人类和自然界才逐渐有了和谐相处的契机。

其实，可可西里真正的神奇在于它的野生动物，特别是藏羚羊。这些精灵们在这块荒野上生活得自由自在，在世界上任何一个地方再也找不到这样一块可以让它们寻欢作乐的自由乐园了。今天，在中国乃至在全世界，只要一提起藏羚羊，人们就会想到可可西里。抑或只要说到可可西里，大家就会联想到藏羚羊。可可西里和藏羚羊，一对双胞胎女儿，引领着人们走进一块连接着大地和天空给我们惊奇和喜悦的天地。

可可西里遥远的地理位置和残酷的自然条件，阻挡着人们走近它的同时，也为野生动物筑起了一道安全生活的屏障。千百年间，野生动物在这块广袤的世外桃源肆无忌惮地纵情驰骋、随意嬉戏、繁衍生息。生物资源极为丰富的青藏高原大约有 230 种野生动物，在可可西里就可以看到近乎一半。野牦牛、藏羚羊、盘羊、岩羊、野驴、雪豹、棕熊、猞猁、鹿、麝、喜马拉雅土拨鼠、长毛野兔等，在这里无忧无虑地送走了每一个白天和夜晚。在寒来暑往的交替中，它们度过了无数个欢乐的动物狂欢节。数百种的野生动物中，以藏羚羊为最多。可可西里是目前国际上公认的藏羚羊生息的最主要地域。今天，当全世界的人都把关注的目光投向可可西里时，中国人不该只感到自豪，而应该脚踏实地做些保护野生动物的行之有效的工作。

藏羚羊是国家一级保护动物，又称羚羊、长角羊。它是青藏高原上的特有动物，体形结构和生活习性都明显地体现了适合高原环境的特征。藏羚羊外形近似黄羊，但比黄羊大得多，体长一般在 140 厘米左右。雄羊肩高可达 79 厘米以上，有一对长而扁的角，长 70 厘米左右，角自头顶长出，除稍稍朝外偏斜外，几乎是垂直向上，挺拔高昂。侧看，似乎只有一只角，所以又称它为“独角兽”。藏羚羊最奇妙处在于，它的两条后腿间皮下长着一个直径大约 2 厘米的圆孔，孔边还有个皮盖子，奔跑时孔中充气如同皮囊，因而快速如飞，它跑起来每小时可达 70 公里。那精灵真够敏捷了，风驰电掣般，奔跑时整个身体变成了一道美丽的流线，时直时曲，十分耐看。此时你会感到整个可可西里乃至昆仑山都被它驮着飞了起来。驾驶员如果不把汽车的油门踏到底根本跑不过它。尤其是在青藏公路附近，藏羚羊在很远的地方瞅见汽车或听到声音，四蹄一撂就没影儿了。这说的是最初，后来往来汽车多了，它们就见惯不怪，还故意逗汽车玩，和汽车赛跑哩！

回忆起我第一次在可可西里见到藏羚羊时的情景，耳畔还溅飞着那乱蹄奔腾的轰响，历历在目。

那是 20 世纪 50 年代末的某个中午，青藏高原被毒辣的太阳暴晒得河瘦山裂。我们汽车连四十多辆车组成的车队，刚一驶出霍霍西里（当时称霍霍西里）腹地的五道梁，远远就瞅见三五百米处的公路上飞卷着一大片浓浓沙尘，铺天盖地，旋转奔腾，还伴随着阵阵山摇地动般沉闷的吼响。前路犹如晨雾弥漫，无法前行，我们不得不停车等候。那片沙尘扫过公路后又向荒原深处蔓延而去，公路依然烟遮云罩。那阵子我们感到寂寥的天幕下，所有飞禽走兽都已窒息，唯这沙尘卷着那吼响独霸着可可西里。这情景持续了近半个小时才烟消云散。公路恢复了平静，大地显露出清晰的面目。我看到远处的岗坡上，站立着一大片活物，正是那片沙尘的制造者。一位老兵惊喜地说，黄羊！我这才知道刚才是黄羊穿路而过。我顺着老兵手指的方向细看，岗上的那片黄羊足有三百多只，甚至更多。它们都仰着头朝公路上张望，我能感觉出那是在窥视我们这些开军车的兵。是在担心我们会伤害它们吧，要不为什么刚才跑得那么溜快，现在跑脱了，还不安地张望着？也许我们应该给这些黄羊招招手示意我们的友好。军人虽有钢枪在握，但不会随意开枪伤害任何生灵的。但是我们没有这样做，连这点举手之劳的友好都没做。那时候的新兵太实诚，不懂事。起码我是这样。

今天回忆这件事时，我的心里除了涌满美意的滋润，还含着些许的歉意。这歉意当然有当时没有给羊们招手的追悔，但是更重要的还不是这个。四十多年后的今天，我必须郑重其事地纠正一个错误认识，那就是老兵把藏羚羊说成了黄羊，由于他的误导，我和我的战友们一错再错，在后来的好长一段时间里也把藏羚羊误认为是黄羊。可可西里确实有黄羊，也是国家重点保护动物，而且数量不少。但是我们那次看到的并非是黄羊，而是藏羚羊。“黄羊”毕竟是我在可可西里经历的愉快的第一次，值得珍藏。

我第一次遇见藏羚羊的地方是楚玛尔河畔。从此，这条河就像我的脉管一样深嵌在我的体内，使我永生难忘。对一条河何以如此深情？当然因了藏羚羊，也因了这个虽然叫起来朗朗上口却不明其意的名字。真的，我至今无法弄明白楚玛尔河这四个字的确切含意。不过，这并不重要，重要的是楚玛尔河流域是盛产藏羚羊的地方。我曾经多次对朋友讲过这样的话：在青藏高原诸多的地域中，唯楚玛尔河让我心动，最能让我产生创作的灵感。每次进藏途中，我都会情不自禁地在楚玛尔河停留，看它那静静的流波中卷着的细浪，听它那缓缓漩涡中跳荡的诉说。我还会掬起它的清波洗涤面颊，当我的肌肤挨上它的水珠后，我那因为在高原奔波变得枯萎疲惫的心便在那细碎柔软的河心渐渐舒展。

如果说第一次在楚玛尔河见到那一群数百只藏羚羊，带有偶然性的话，那么后来一次又一次在楚玛尔河与藏羚羊相遇，就是必然的了。四千里青藏线，为什么唯有楚玛尔河是藏羚羊的集散地？羊们依恋这里的什么呢？正是在思考寻找这个问题的答案中，我对藏羚羊有了更多的深层了解。

那是一次无意中的重要发现。我和五道梁兵站马军教导员在拔野葱时的发现。

90 年代初的一个盛夏，为了创作一部“青藏线系列报告文学”，我落脚五道梁体验生活。一天，马教导员心血来潮邀我去拔野葱。我却兴趣不大，一是手头事情紧不愿脱身，二是野葱有甚好吃？但是马教导员最后还是把我说动了，他说野葱好不好吃在其次，关键是走出兵站到了可可西里的野滩上，你可以看到很多对写作有用的东西。就这样我们来到了野葱滩。

一簇簇野葱蓬勃在荒滩上，像寒风旋来的片片残雪点缀着亘古山野。残雪？它的叶管细而长，有五六根，呈伞状排列着。那灰灰的绿色显然是高原的特殊环境造就的。我问这草滩上为啥只见野葱却无别的草？马教导员说，你仔细看看，怎么会没有别的草呢，不过是都让藏羚羊吃掉了。我果真看到地上有被掘过留下的草根茬，便问：莫非野葱有毒，藏羚羊才不肯动它一口？他以反问回答我：有比野葱更可口的草，它们为什么还要啃不喜欢吃的野葱？我明白了，藏羚羊贪求美食，才放过了野葱。我们这些久住高原的兵倒好，却心甘情愿地收拾着人家的残羹剩饭。我一边拔野葱一边观察着藏羚羊用舌头割掉的那些草的根茬，大多数的枝叶已经填进了它们的胃囊，从偶尔残留下的几片叶子上，还可以看到几根嫩嫩的刺。我想象着它死去的青春，像沙漠对水的回忆。马教导员告诉了我其中一种草的名字：红景天。这是我第一次听说这个诱人的草名，很新鲜，有一种让人眼球湿润而视线阔远的感觉。

后来很长一段时间，我常常要情不自禁地给别人讲起红景天。心里滋润极了，我喜欢上了它。我每次路过可可西里或藏北草原，都会停车寻找红景天，远远看着生长红景天的地上像一片火在燃烧。这时必然要对朋友们说，藏羚羊可真会挑，吃着美丽的红景天，那可是藏族医药中的宝贝草药！许多初次进藏的人吃了它可以减轻高山缺氧的痛苦。

当然，随着对藏羚羊更多地了解，我才知道它们的食物并不全是红景天，或者说主要不是红景天。因为这种藏药太稀缺了。其实藏羚羊的食物很宽泛，它们经常取食的高原食物类是多刺绿绒蒿，禾本科和沙草科等。比如硬叶苔草，它的草尖生长着一段 4 毫米左右的芒针，特别耐咀嚼。还有长着硬刺针的垫状金露梅，以及雪灵芝、刺茅，结有红色豆荚的棘豆、垫状点地梅、蚤缀等高山荒漠植物，都很适合它们的胃口。看出来了吧，有刺的植物才是藏羚羊的最爱。

可可西里既是藏羚羊的自由天地，也是藏羚羊的坟墓。掘坟者就是可可西里的狼。

生活在这片荒原的狼是以恶出名的，它不放过任何一次捕猎飞禽走兽的机会。可可西里狼的家族里，狼如果结成群体后，所到之处就是难以抗拒的灾难。这里的狼个头高，一般在一米以上。身体呈浅灰色或黄灰色，背毛中杂着少许黑色针毛。它的两耳高高竖起如两把带刃的探测器，四条腿特别强健刚劲如四根松椽。其头狭长，颈部也长，常常咧开大嘴，露出的上列齿发达且锋利。狼的忍耐性和凶残性总是毫不掩饰地表露得淋漓尽致，甚至连它的嘶叫声也让人毛骨悚然。它很会寻找重伤藏羚羊的时机，往往趁它们迁徙进入产羔的危难时期，追击于藏羚羊群的后面，瞅机会对体弱的母羊和初生羊羔发起进攻。一旦被它追盯，藏羚羊就难以逃命。

超乎常规的事在任何时候都可能发生。你也许不会想到，温驯、脆弱的藏羚羊发起怒来，竟然能凶相咄咄地拼死野狼。

一天傍晚，仍然是在楚玛尔河畔。当刺耳的西北风变成坚硬的寒冷在可可西里奔跑的时候，藏羚羊妈妈带着羊崽在草滩上悠然自得地漫步。娘儿俩许是在挤疙瘩似的羊群里憋得太烦闷了，走出来呼吸新鲜空气吧！调皮的羊崽实在玩得太开心，一会儿跑到前面挡住妈妈的去路，一会儿又颠到妈妈的身后，捉迷藏吗？它不知不觉竟然乐疯了，跑出去好远，还不时地摇头晃脑，仿佛要妈妈夸赞它几句。

妈妈放纵着这个活泼任性的孩子，使它越玩越走得远……这不是一只掉队的小羊，但是当它玩耍着离开妈妈的怀抱时，就成了一只实际意义上的掉队者。就在小羊玩得正尽兴时，灾祸出其不意地从天而降。一只野狼突然把小羊拦截，那孽畜龇牙咧嘴，两颗带钩的虎牙中间伸出闪着凶气的舌头。它明明要吃掉小羊，却不急于上前，偏要对着小羊狞笑、吼叫，怪怪的、阴森森的。小羊被吓瘫了，卧在地上。野狼这才扑上去，先伸出前腿重重地在小羊身上拍打，然后用那铁铸般的脑袋狠劲一挤，小羊就轻而易举地滚到了它的嘴边。

野狼的晚餐眼看就剩下张口擒拿了，谁会想到这时局势发生了180度的突变，不知从何处蹿来两只雄性藏羚羊，它们杀气逼人，显然要从狼嘴里救出自己的伙伴。两只雄羊从两侧夹击野狼，好像商量过似的伸出各自那长长的犄角恰到好处地叉住了狼的头部，使其措手不及地处在了招架挨打的劣势。之后又见两只雄羊以迅雷不及掩耳之势，把刀样锋利的长角直直地刺进了狼腹部的两肋间。野狼一声惨叫，慌乱地扔下即将到嘴的小藏羚羊，企图逃走。两只雄羊根本不饶过它，再次追击上去，用长角刺中它。两次重击，狼挣扎了几下，蹬腿惨死。这时，一直愣在远处哆哆嗦嗦的羊妈妈才如梦初醒般地走上来，关照自己的孩子。可是孩子已经奄奄一息，不久就死去了！

草滩上躺着两具尸体。小藏羚羊和野狼。

人们会永远记着这样一个事实：在可可西里的荒野上，倒下的成千上万的藏羚羊的尸体旁，同样也能看到残害藏羚羊的野狼尸骸。

当然，在动物与动物的残斗中，总体而言，藏羚羊是弱者。正是这种弱者的处境，使它们天生地具备了逃避死亡的本领。其实，掩蔽、逃躲也是它们另一种斗争的方式。除了野狼，还有鹰隼和其他猛禽也常常伤害藏羚羊。

为此，藏羚羊在遇到危险时便将身体藏匿在崖下或它们自己刨挖的沙坑里，有时索性也这样休息，安眠。此刻，雄藏羚羊只把高仰的长角暴露在外面，远远看去像一棵小树。这样的伪装有时蒙骗了天敌，有时也招来了杀身之祸。狼们、鹰们经过长期观察，已经识破了藏羚羊的伪装，便扑上去，不费吹灰之力得到了一顿美餐。

藏羚羊就是这样，在可可西里自由奔驰又小心翼翼地生活着。

我们这些常年跑青藏线的汽车兵，在行车的日子里，创造了一种很有趣很刺激的游戏：汽车和藏羚羊赛跑。那真是太有意思了。这场游戏的发起者并不是汽车兵而是藏羚羊。很可能是因为它们已经发现并感受到我们这些朴实善良的汽车兵们，不会伤害它们，才斗胆走近了我们。先是站在公路边不远不近的地方瞭望汽车，那长长的车队，不管是数十辆还是上百辆，一兵一车，浩浩荡荡，壮观！羊们看得多了，不是烦了，而是从好奇变得亲切，想和汽车兵们亲近的欲望越来越强烈。它们便换了个方法，在汽车周围兜着圈奔跑，有时只有几只搭伙，有时是几十只结伴，有时是上百只甚至数百只组成大队。在一般情况下，它们是与汽车平行跑，车速快它们就快，车速慢它们也随之变慢。但不管车速快还是慢，它们总会跑在汽车的前面一段距离。当然是我们有意压慢车速让它们跑在前面，这样我们就可以清楚地看到它们跑起来那优美的流线型体形。太美了，像一团很大的弹丸在空中飞旋。这时，我总觉得连我们的汽车也被藏羚羊驮着跑起来。藏羚羊的背太有承载力了！这是藏羚羊的速度！

我们和藏羚羊就这样赛跑了一阵子后，羊们还不觉得过瘾，就在和汽车拉开一段距离的时候，有些淘气的家伙会突然从汽车前方横穿过去。我们不慌不惊，任由它们在车前穿行，甚至有意放慢车速让它们过去。也许是这些羊们以为它们真的玩弄了我们，穿过汽车前方跑出一段路后，又转身跑回来，站定，向汽车兵们显示它们的能耐。兵们高兴了，给它们加油助威，有人会按响双音喇叭，使它们跑得有节奏。于是，好些兵跟着按喇叭，车笛声声，此起彼伏，藏羚羊跑得更来劲了。汽车和藏羚羊的赛跑达到了白热化程度。这时候，兵们的脑子很清醒，总是让车速一慢再慢，唯恐伤了藏羚羊。

在比赛中，我还看到过这样一幕：雌藏羚羊带着它的一群儿女一起与军车赛跑，那些小羊们跑得并不比妈妈慢，它们总是要显示自己有限的力量，争先恐后地跑在妈妈的前面，也就是说它们绝不被汽车落下。每当它们跑到超过汽车好远的地方时，便慢下来怡然自得地边走边吃着草，还不时仰起头望望落在后面的汽车。是在得意它们在比赛中拿了头奖，讥笑落伍的汽车吧！

比赛总有画上句号的时候，我们该整理整理放纵了的情绪，继续赶路了。军事都是奉命执勤，哪一个驾驶员不肩负着使命？我们加大了马力赶路，赶路。再见，可爱的藏羚羊！

直到后来，我才渐渐地从汽车与藏羚羊赛跑带来的欢快中醒悟过来，认识到大可不必对这样的比赛给予太多的赞许。因为藏羚羊们是揣着惊魂一路狂奔，是看着汽车司机的眼色比赛的。不信，我说说一只小藏羚羊是怎么死去的，你就会明白了。数十年后的今天，我在回忆往事时心里仍然涌满着不安和愧疚。

那只怀孕的藏羚羊，你真不该来！

在那个周天飞飘着蝴蝶般雪花的中午，我们几个驾驶着军车的汽车兵又一次和一群藏羚羊较着劲赛跑。当我看清有一只肥肥大大的藏羚羊出现时，赛跑已经接近尾声。说句实在话，如果不是它逞能似的和我们的汽车一比高低，我绝不会使劲追赶它。那桩血淋淋的事件就是这样发生的。当时我们就断定那是一只有孕在身的藏羚羊，便一再提醒自己不要让它有剧烈的运动，我们有责任关照快做母亲的藏羚羊。可是它呢，好像根本不在乎自己的身孕，故意挑逗我们。是的，绝对是在挑逗我们。它一会儿跑到我们汽车的左侧，还歪着脑袋望我们，傻笑的样子。我们觉得挺好玩的，就停车准备打开车门和它近距离交流。谁知还不等我们下车它又跑到了右侧，仍然歪着脑袋傻笑的样儿。待我们又一次停车准备打开右侧车门时，它又跑到了左侧……它就是这样和我们玩捉迷藏。已经这样折腾了好几个回合，我仿佛忘记了它怀有身孕，便对助手说，停车，咱俩从两侧的车门一起下，看它还有什么办法。谁知那家伙太聪明了，见我们双管齐下，立即来了个 180 度的大掉头，跑到汽车后面去了。它在耍我们，不让我们捉住它。实在是太可爱了！我们不忍心折腾它了，毕竟是有孕在身呀！其实，从一开始我们就不是为了要捕捉它，只是想和它逗逗乐而已。就是在这样前后左右的躲跑中，我们突然发现它可能要分娩了，它的步子越来越慢下来，甚至可以说在挣扎着。我们不约而同地不再追赶它，将车原地停下，想给它一个安静的环境，让它的宝宝可以安然出世。好像只是一瞬间的事，那藏羚羊就从腹部脱出了宝宝，瘦小的身体，蠕动着。母羊用嘴舔着它的孩儿，还轻轻地拱它。我和我的战友们简直不敢相信，藏羚羊就是这样分娩的。终于小藏羚羊与母体分离开了，其实我们谁也没有看清它们母子是怎么分离的。只见母羊静静地站在孩子身边，微闭起双眼，是在等待什么还是在休息？抑或是不知道该如何照料刚刚出生的小羊，疼痛地（也许很快乐吧！）分娩之后确实需要呈现另一种状态。我们都束手无策地看着这个尴尬的场面，既高兴又有些担忧，更确切地讲是在犯傻，犯傻多于高兴。刚出生的小藏羚羊能活下去吗？这是我们当时最大的忧虑。事实证明，我们的这种担心实在多余。大约过了不到半个小时，那个被我们认为是一块肉团的小藏羚羊，竟然磕磕绊绊地挣扎着站了起来。没想到刚站起，就摔倒了。再站起，又摔倒……就这么反反复复地不少于十几次，最后终于在妈妈用嘴的帮扶下站稳了。哇！小生命，可爱的小生命！

可是，好景不长。当小藏羚羊再次摔倒后，就站不起来了。我们等着，等着，它始终没有起来。

它死了！

母亲静静地站在一旁，望望孩子，又望望我们。我感觉得出它那眼神是在企求，企求我们保护它孩子的尸体，还企求我们不要再追赶已经骨散心衰的它了。刚刚分娩完且身体虚弱的母亲，又面临孩子夭折，它需要安静，需要安慰！

这是我第一次见藏羚羊分娩，也是最后一次了吧！当时和后来我都这样想：这只怀孕的藏羚羊，为什么在分娩前要和我们这样活蹦乱跳一番？不知道，无法知道！只能猜测。难道它本来是想找一个安静安全的地方做妈妈，中途遇到了我们这伙爱凑热闹的汽车兵，便快乐得忘了有孕在身，而和汽车赛跑，招致孩子夭折之祸？或者它压根就不打算和我们耍闹，只是被不懂世道的我们追赶得晕头转向，才没头没脑地奔跑起来，早产了？我找不到确切的答案，恐怕永远也找不到了！不管怎么说，是我们一手造成了这出悲剧！悲剧！

那只怀孕的藏羚羊，你不该来！

我们这些贪玩的汽车兵，就不该逗它！

好多年前的那只小藏羚羊倒在母亲血泊里的早晨，就这样痛苦万状地留在了我永久的记忆里。今天，在不少人津津乐道藏羚羊的时候，我对它的怀念、怜悯之情尤其强烈。容易吗？妈妈和爸爸培育出它是豁出命来的呀！

不错，是豁出命的。

雌、雄藏羚羊在平时是“分居”生活的，各自成群，雌羊带着小羊在一起，雄羊们自己结成小群单独活动。这样，自然而然地形成它们自己的活动范围。雄羊的范围略大于雌羊。平常它们几乎不交往，即使偶尔碰个面，也是擦肩而过井水不犯河水。为什么要这样生分？至今无人知道。也许因了分居生活的缘故，这近在咫尺的却显得长长的距离，加深了它们之间的思念与恩爱。一旦相聚，就有火花，就爱得死去活来。

每年春天，这是藏羚羊发情的季节，是它们疯狂示爱交配的季节。雄羊也罢，雌羊也好，在这个寻欢作乐的日子里集群的数量都猛然增大，数百只藏羚羊挤成一个群体，在草滩上举目可见。羊多势众，无论是攻还是守都有雄厚的兵力。这个季节我每次驱车从可可西里经过，总能看到一群又一群藏羚羊在坡上或坡下蠕动着，那甜蜜的寻偶的叫声响彻大地。我虽然没有福分享受到它们示爱交配时痛苦着却很幸福的场面，但是一位朋友给我绘声绘色的描述，确让我有身临其境之感。

决斗。藏羚羊的爱情是经过决斗获得的，所有的快感和幸福都交融在无休无止的残忍决斗中。可可西里某块被雌藏羚羊选中的草滩，便成为它们施展爱情伎俩的洞房。惨不忍睹却心花怒放。雌藏羚羊自然在静静地等候着向自己射来的丘比特之箭。其实等候并不等于拱手相让，它们的静候堪称锋利且尖刻。

决斗是在雄藏羚羊之间进行的，胜者才有资格入洞房。双方既是攻者又是守者，见机就进攻，遇攻善防守，这才是勇者。它们毫不例外地都用长角搏斗，那一刻，将浑身的力量都聚集在那利箭似的长角上，然后猛地冲向对方。双方的长角绞在一起，你不退它也不让，僵持，长久的僵持。这时谁的耐久力强，就可能获胜。终究会有一方负伤，卧倒在地，再也起不来。这时胜者便大摇大摆地走向静候在一旁的雌羊。

强者战胜弱者，这是规律。但在雄藏羚羊决斗场上，也偶有弱者取胜的个例。那是它们靠机智灵活的谋略，靠智慧赢得了胜利。

这只眼看就要被对方战胜的雄藏羚羊，它并没有倒地，而是猛然脱离强者的角逐，逃之夭夭。逃，未必注定败！那强者便乘胜追击。逃者在前猛劲跑，追者使劲追。突然逃者有意缩短它们之间的距离。

追者得意了，眼看就要追上了。就在这当口儿，它突然出其不意地就势往地上一趴，乘胜追击的雄羊则猝不及防，仍在向前猛扑。扑空了，它那长长的利刀似的角随着头部栽地而折断。同时，趴地雄羊的长角恰如其分地戳进了它的腹部。血迹横流，这是轻者，重者则一命呜呼！

在藏羚羊交配的季节，草滩上满是雄藏羚羊血淋淋的残体。还好，没有负伤的就成了胜利者，雌羊便心甘情愿地把自己许配给这样的英雄男儿。胜者入洞房了，这是它最得意也是最能狂显雄性本事的时刻。怀抱着得来不易的爱妻，这是占有，绝对自私而野蛮的占有。随后便是发泄，凶狠的发泄，难道是带有报复性的发泄吗？或许是。它们拼命地扑向瞅准的目标，将它们所有的锐气和精力都集中在身体的某一个部位，任意纵欲。这也是雌羊最享受的时刻。

藏羚羊们酣畅淋漓地交配之后，便一改往日的陌路不识，在一夜之间突然变得形影不离了。它们要相依为命地度过生命里程中一段厚重的日子。也许在一个取食的早晨，雌羊隐隐感到腹部有些异样，微凸。那是它们的爱情结晶开始孕育。这种微细的变化甚至连雌羊本身还处在朦胧中，可它们的丈夫雄羊已经先知先觉地有了感应。这时，雄羊就主动地把由雌羊带领的小羊们接过来，抚养，关照。孩子，跟着爸爸来吧，妈妈费神费心地把你们管到这么大，现在该爸爸尽抚养你们的义务了。因为妈妈要给你们生弟弟妹妹了。我会像妈妈一样把你们照顾得好好的。雄羊如是说，一边说一边像雌羊一样用头抵抚着每一个孩子。

没有任何交接仪式，一切都是水到渠成，顺其自然。那些小羊还来不及对妈妈说一声谢谢，就百依百顺地簇拥在爸爸的周围了，新的生活就这样开始了。

大自然的更替、动物界的生生灭灭，就是这样有情又无意地延续着，消耗着多少个黑夜和黎明。百年，千年……明明是一串神秘的印迹，但是在你还没有完全找到答案的时候，猝不及防的一场大雪把一切掩埋得无影无踪。这方天地永久地封门了，你只好在永冻层前却步。

雄羊爸爸不一定像雌羊妈妈那样温柔耐心，但有一点是雌羊妈妈望尘莫及的，这就是它的坚毅、顽强，给孩子们带来了另一种温馨。中午的阳光虽然刺晃着眼球，但孩子们还是暖融融地乐于接受。这一天，也就是从羊妈妈手里引领到孩子的当天，在经过大半天的辛苦跋涉后，雄羊把孩子们带到了一个神秘的地方，这里有一种草是小羊们做梦都想得到的美味大餐。

唐古特微孔草。

青藏高原真正的夏天还没来到，这种具有潜藏生命力的高原小草，就迎着可可西里的猎猎西风，一棵一棵争先恐后地破土而出，绽露在微铺着冻霜的地面。它是草长莺飞的季节最先见到天空和太阳的耐冬草。浑身上下都张扬着战士的风采，短短的草茎簇生成小球状，茎的顶端抱着点点小花，花呈灰白，不艳不俗，远看似凝固的霜片。风来不低头，雪来不退畏，它总是桀骜不驯地挺立于荒原。雄藏羚羊是如何发现这种能给它的子孙饱胃囊、壮筋骨的草种，不得而知。但是生长着唐古特微孔草的这块丘陵地，确实从某一天开始成了小藏羚羊们的乐园。当然，这里不仅生长着唐古特微孔草，还有它的姊妹草：青藏苔草、红景天、矮黄芪、大紫花针茅、黑苞风毛菊、冷龙丹、青海雪灵芝、藏荠、早熟禾、短穗兔耳草、多刺绿绒蒿等。小藏羚羊们太有口福了，爸爸把它们领到了植物丰富的美食乐园。

雌藏羚羊的腹部一天天凸显。羊崽有意无意地在轻微地蠕动，使妈妈迫感分娩的日子要来到了。这是久盼的也是牵心拽肝的日子。一切都按照自然规律在运行。大约在雌羊受孕六个月后，也就是临产前的一个多月，分散在可可西里广袤荒原上的藏羚羊，便不约而同地大批集结，从各自的栖息地向产仔地跋涉。这个产仔地是阿尔金山下的鲸鱼湖、布喀达坂峰下的太阳湖和月亮湖、长岭与黑山下的库赛湖。这些湖畔就是雌藏羚羊的“大产房”。它们要在那里完成一年一度的产仔使命。

奇了！千里迢迢，长途跋涉，近者三五百里，远者上千里，为什么单单把产仔地选在这些湖畔？我的疑问就是从得知有这些“大产房”那刻萌生。

谁来解疑？中国科学院西北高原生物研究所辛光武先生，我久闻其名，读过他写的很多有关高原生物的科普作品。他曾有过丰富的对野外动物考察和生态研究的经历。那天清晨，我和朋友在西宁郊外散步，巧遇光武先生，他善解人意，知道我在创作关于藏羚羊的文字，便津津有味地讲了藏羚羊迁徙产仔的根由，真让我大开眼界，增长见识。

每年的 6 月或 7 月，藏羚羊会自发地组成声势浩大的群体，风驰电掣般地涌向可可西里腹地的那些湖畔，度过产假。雌羊的跋涉异常艰苦，它们大都要带着上年生的小羊，一边走一边吃草，月下赶路居多。沿途对孩子们悉心的照料最使妈妈操心。遇到狼、鹰的袭击是常有的事，这时妈妈就得千方百计地保护孩子们的安全，即使这样也很难保证身边的孩子不受伤或者死亡，最让妈妈痛心难忍的是肚子里的宝宝因为惊吓而早产。迁徙的路上洒满雌藏羚羊的担惊和悲痛。出行刚离开栖息地时，会有一些雄羊一同伴随，精心照料爱妻，还要顾及即将出生的孩子。但是往往走到半途，大部分雄羊便悄然失踪，有的原地栖息，有的自由游荡，寻找其他雄羊结群生活。

湖终于出现在地平线上了,雌羊们兴高采烈地扑向它的“产房”。原来，每年到这个季节，正是这些湖泊地区的干燥期，无雨，热风劲吹。湖周围的那些大小不规则的湖泊，很快就亮起了肚皮。什么样的肚皮？细腻的胶泥，明晃晃的，一望无际。风吹日晒，这些胶泥便微微卷起，呈瓦片状，凹成碟盘。雌羊们太喜欢这些碟盘了，因为它们的乳房在这个即将产仔的日子，奶水逐渐增多，膨胀，随之发痛，发痒。就像有了矛会出现盾一样，大自然为雌羊早就准备好了挤奶器，它就是这些“瓦块”。雌羊卧在其上，硬硬的又略带些绵柔的“瓦块”，会将一些过剩的奶水挤出来，流于碟盘内。逐渐积累，胶泥瓦块上就存下了不少奶液。这些遗奶恰恰又是那些在湖畔生存的鸟们理想的美食。鸟们吃得贪婪，吃得解馋！它们边吃边拉，在湖畔积存下了一层粪便。无人打扫，越积越多。这些鸟粪又成了藏羚羊和刚出生不久的小羊崽的绝佳食品。因为鸟粪中含有丰富的母羊产后急需补充的氮、磷、钙等营养物质。

唯这里的湖畔有这样得天独厚的生存条件，何乐而不为？对藏羚羊、对鸟们均如此。

你中有我，我中有你。鸟也和谐，羊也和谐，人与可可西里都和谐。

和谐？

光武先生在他的著作《藏羚羊》里忧心忡忡地写下了这样一段文字："由于藏羚羊亘古不变的迁徙行为，使那些偷猎团伙掌握了藏羚羊种群的这种迁徙行为和所走的路线，而伺机杀戮，屡屡得手……保护藏羚羊，必须要很好地保护它们的迁徙路线，要想恢复藏羚羊群体的数量，必须保护好它们的繁殖环境。"

藏羚羊正遭灭顶之灾！

藏羚羊在哭泣！

昆仑山深处密集的枪声中倒下了一群群大自然灵物的身躯。可可西里成了一片流血的天地！一幕又一幕惨不忍睹的杀生接踵而来，青藏大地在战栗，连同那些沉睡的大山，连同摇摆不定的冰河，连同山畔那一颗颗星星，都把自己抱得更紧……

——大约上百只迁徙的藏羚羊，没有任何提防地走进了盗猎团伙早就布好的埋伏圈。盗贼从几个方向同时开枪。羊们理所当然地无法辨清子弹来自何方，便围着领头羊团团转。很快，一只接一只的藏羚羊倒地。血，满地是流血。有的羊死了，有的受伤后还活着，挣扎，哀叫，撕肝裂肺地叫。刽子手得意忘形，一脸狞笑，他们甚至暂时丢下枪奔上去，趁藏羚羊身上还有余热时挥刀剥皮。还没有死去的藏羚羊发出疼痛难忍的嘶叫声。

——一只雌藏羚羊卧倒在血泊中，不法分子早已剥走了它的皮，只留一团鲜红的肉在微微颤动。一只刚出生不久的小羊还偎依在母亲的怀中，吮吸着乳汁。它吸到的是血，满嘴都是生涩殷红的血乳。这时，大群的秃鹰、乌鸦从四面八方赶来，吞吃着血淋淋的藏羚羊尸骸。偎依在母亲尸体上的小羊的眼珠被鹰啄去，小羊吱吱惨叫，四条小腿拼命地乱蹬着，很快死去！

——由昆仑山、阿尔金山、祁连山环抱着的柴达木盆地的重镇格尔木，是青藏公路的咽喉要道，又是不法分子交易藏羚羊皮张的集散地。这些刽子手把猎杀来剥下的藏羚羊皮运到格尔木附近后，埋在戈壁荒滩中，然后由买主交钱运走。埋入干沙中的皮不会腐烂。好长一段时间，格尔木四周的沙漠成了不法分子藏匿赃物的"天然仓库"。

……

野蛮杀生，肆无忌惮，贪婪掠夺，暴殄天物。被称为"美丽少女"的可可西里瞬间成为"流血的世界"！

人们也许不会想到，这种不堪入目的野蛮狂暴，却是起始于电杆上的一张"告示"。那是刚刚进入 90 年代不久，在青海省玉树藏族自治州曲麻莱县府驻地叶格滩的一根电杆上，猛乍乍地贴出了一份高价收购藏羚羊皮的告示：本人大量收购藏羚羊皮，视皮的质量每张 300 ~ 500 元不等。光天化日之下违法收购人竟然留下了姓名、住址和电话号码，却无人追查。

这份告示，使可可西里上空不断响起的射杀藏羚羊的枪声更加密集，更加嚣张。

我们不能不追溯到贫穷的西部人望眼欲穿盼来的那个脱贫致富的日子。今天的回忆已经是在冷静之后的理智思考，带着剧痛、心酸！

可可西里地区是我国最大的砂金矿资源之一。青海的贫困农民进入可可西里淘金，穷人们早就做着发财的梦，这时潮水般地涌进荒原，占领了每一条山谷、沟壑。起初还有管理部门的严格把关，但是当清纯的潮水变成浑流，管理就失控了，采金证件的滥发直到失效。各地的采金人一窝蜂地涌向无人区的太阳湖、卓乃湖一带。从 1982 年起，来这里圆黄金梦的淘金者以逐年递增 5000 人的速度在增加。到 1989 年，曾一度达到 10 万人之巨。如果仅仅是淘金倒也作罢，问题是这些淘金者因了人多断了食物的来源，他们便把饥饿的目光投向了包括藏羚羊在内的野生动物。枪声响起，动物倒地，野味成了他们充饥的食物。后来当他们得知一张藏羚羊皮的昂贵价钱后，就发现了比淘金更便捷的发财之路——捕杀藏羚羊。如果一天捕杀到一只藏羚羊就可以有三五百元的收入，哪儿找这样的美差！特别是在可可西里腹地几个湖畔的淘金人，当时正赶上藏羚羊千里迁徙，集中产仔的季节，一天中猎杀几只藏羚羊是举手之劳。他们的贪财之心越发膨胀，肆意捕杀藏羚羊，肉用来补充食物，皮可以高价出售，何处寻得这样的美差！

藏羚羊是块肥肉，诱惑着四方的发财者。当然也让有良知的人反思。

一天，一位名叫王卜军的复员军人，怀着梦幻似的欲望从山西榆次踏上了可可西里的土地。年轻人此行的目的奇特且带着诗意：打猎。许是军人出身，眼下又当上了警察，舞枪弄刀成了他无法改变的爱好。朋友怂恿他，可可西里是个天然大猎场，何不前往显示一下出色的枪法。就这样，在 1997 年 7 月的某天，他和朋友开车进了可可西里。实事求是地讲，王卜军一行进可可西里与藏羚羊无关，大不了是浪漫的愿望瞬间膨胀了一回。否则那个狩猎人的一席话怎么会让他打道回府放弃了心怀多年的梦愿？那个人不可能是王卜军在可可西里遇到的唯一的狩猎人，但确确实实是让他痛心疾首改变主意的人。当时王卜军已经走进荒原少说也有二三十里地了，却未见到一只藏羚羊，他找到一个名为淘金实则狩猎的人，打问在哪儿能见到藏羚羊。那人用十分自豪的口气告诉了他什么地方有藏羚羊，还夸口说他一个晚上就打死过600多只藏羚羊，全是母羊和小羊，上好的羊绒。王卜军听了心里有一种无法形容的惊讶，或者说恐惧。他就是以这样的心情赶到了那个地方，谁知只看到了几只惊慌失措的藏羚羊逃躲着人们的追捕。失望不是主要的，所见所闻才给他展现了可可西里的真实状况，也深深地刺醒了灵魂麻木的他，这就是人性的善良。那些淘金兼打猎的人告诉他，他们打猎已经不用枪了，改用毒药。毒药不仅能毒死藏羚羊，还把它们的天敌——狼、棕熊、藏狐等一网打尽。王卜军看到了遍地的动物尸骨，听到了藏羚羊在枪声中的悽声痛哭。这分明是走进了一个阴森森的地狱，像死过了一回似的令他战栗。他无法安生，不能安生！他再也不忍将自己的枪口对准那些四处躲藏的野生动物了。打猎，使王卜军迷恋上了玩枪；盗猎，使他从噩梦中苏醒。王卜军“死”过之后又醒过来了，他弃枪从军，加入了“可可西里自然保护站”的志愿者队伍。这是后话。

如果有更多像王卜军这样迷途知返的人，即使遭到严重伤害的可可西里也会从噩梦中恢复宁静。不，一旦跌入现实，便不可避免地有沟壑、有坎坷。愿望总是跟现实存在着无法接近的距离。实际情况是：越来越多的不法分子闯进可可西里，越来越多罪恶的子弹穿过了可可西里。那片土地满目狼藉，血肉横飞。它在枪声中醒来，又在枪声中沉睡。当盗猎者的疯狂达到不可抑制时，反盗猎就成为必然。以下仅仅是青海省森林公安局6年间的一个局部又是局部中很不完全的统计。它不可能全面揭露盗猎者的罪行，也不能系统地显示反盗猎的辉煌。

——1992年，破获猎杀、贩运、走私藏羚羊及皮张的特大案件5起，收缴藏羚羊皮404张，查扣违法狩猎枪支5支、车辆6部，抓获犯罪嫌疑人19人。

——1993年，破获特大案件8起，收缴藏羚羊皮1174张，查扣枪支16支、车辆14部，抓获犯罪嫌疑人17人。

——1994年，破获特大案件8起，收缴藏羚羊皮2332张，查扣枪支29支、车辆4部。1月18日，青海省玉树藏族自治州治多县西部工作委员会书记索南达杰在可可西里太阳湖地区，一次就查获藏羚羊皮1300余张。令人震惊的是，在与盗猎分子的激烈搏斗中，索南达杰竟然被罪恶残暴的盗猎分子枪杀。

——1995年到1997年3月，查获重大、特大盗猎案件10起，收缴藏羚羊皮159张，查扣枪支9支、子弹1670发、车辆11部，抓获犯罪嫌疑人60人。

在不冻泉自然保护站，参加过反盗猎的藏族青年边吉，痛心疾首地给我描绘了他们看到的偷猎人在夜晚枪杀藏羚羊的触目惊心的场面：这些人都是鬼心眼，精得要命。打死一只羊还想打死10只，真的10只到手了，又想着要得到百只，更多。他们的眼睛和脑子成天就盯着、琢磨着一件事，猎杀更多的藏羚羊。当他们观察到迁徙的藏羚羊有在夜里迁移的规律后，心花怒放，像幽灵一样神不知鬼不觉地乘着夜色，躲在藏羚羊必经的山包后面，旁边停放着几辆准备运走藏羚羊的汽车。等到藏羚羊走过来时，他们就突然打开车灯，炽白的光束像箭一样射向藏羚羊，驱使羊儿在晃眼的光柱里迷茫得不知所措，最后被子弹射中，倒毙。微弱的月光下，仍有藏羚羊没有断气，痛苦地抽搐、哀叫。最可怜的是那些小藏羚羊，它们在失去妈妈后，晕头转向乱作一团，在灯光里东跑西窜，惊恐，哭泣，流血，不知道发生了什么事情，直到被子弹打中，倒在血泊中。枪声渐渐消失后，夜陡然静了下来，怕人的死寂笼罩着可可西里。遍地都是藏羚羊的尸体，依然可隐隐听到偶尔有藏羚羊微弱的泣声。这是盗贼最得意的时刻，他们开始收捡他们罪恶的成果。一车一车的藏羚羊尸体被运出可可西里。藏羚羊死了，哭泣声犹在，呐喊声犹在……

收购藏羚羊皮的不法分子，大都来自四川、西藏，也有少数是青海本地人。他们都有几部汽车，雇佣保镖，携带巨款，最终将藏羚羊皮运到拉萨走私。从可可西里到拉萨，或者从格尔木到拉萨，迢迢千里，遥遥关山。最初，路上少有关卡，他们尚可蒙混通行。越是后来，一路设卡，十里八里就有查私的公安人员把守，盗运者多有落网。为此，犯罪分子铤而走险，绞尽脑汁，想出歪门邪招应付查私。他们借用运煤、运化肥的汽车或油罐车，甚至其他一些行业的专用车来贩运走私。先在运煤的车厢上铺满藏羚羊皮，之后压上钢板，再装煤。这样，钢板就可以抵挡公安人员要检查时捅进煤堆的钢钎；他们把汽油桶锯开，下半部填满藏羚羊皮后，焊一层隔板，再装满汽油；他们还用大塑料袋把藏羚羊皮层层包扎，沉入油罐车的罐体内……犯罪分子总希望灯把夜照得更黑暗一些。这当然是妄想，因为灯毕竟有光芒。

这是发生在拉萨的一幕：

一个肥头大耳的不法商人，一次就收购了 6000 张藏羚羊皮，雇人取绒后将残皮抛入拉萨河，河面上一时漂满了血羊皮。这商人当时落网，连他都不忍看这满河的血腥，蒙上双眼跳进河里洗罪。

这是发生在五道梁运输站的另一幕：

一个老妇人被公安人员从长途汽车上引领下来，70 岁稍有不足，藏族人，藏袍半旧，藏靴不新，甚至还可以看到头巾上残留的草屑。与这身装扮游离的是她随身带的两个箱子，确实惹人上眼。

下面是谈话笔录。

你叫什么名字？

秋卓。

家住哪里？

曲麻莱县曲麻河乡多秀村。

到哪里去？

拉萨。

去旅游？

看喇嘛庙。

这么大年纪一个人出远门，家里人放心吗？

（不语）

这两个箱子是你的吗？

（不语）

老阿妈显然有些慌乱起来，不知所措地扭头看着，像在寻找什么吧。

公安人员告诉她，两只箱子内装的是18张藏羚羊皮，还有盘羊头2具。这些东西都是国家级保护动物，随便猎杀、贩运是违法的。

老阿妈的情绪一下紧张起来了，她赶紧声明自己并不知道箱子里装的啥东西，是有人托她带到西藏的，给了她300元辛苦钱。老阿妈说着就举目四顾，找着托她带东西的那个人。可是那个人已不在车上了，她着急，推着箱子，瞧那样儿，恨不得把它推到楚玛尔河里让水冲走。

这时另一个公安人员把一个人带到老阿妈面前，问她："你认识他吗？"

"就是他。箱子是他的。我不认识他，他常来我们的放牧点带东西到西藏。"

其实，这个落网的贩卖藏羚羊皮的商人早就把罪行交代了，公安人员审问老阿妈是要她明白她是在做违法的事，以后万万不可再做。

这个商贩刚才还狡辩，可是当他站在老阿妈面前后，就一直低着头，不敢看任何人一眼。也许他已经有所忏悔，不该让这样一个淳朴的老牧人跟着他犯罪。但愿他有这样的悔意。商贩穿着一身似乎很合体的黑黑的衣服，极像天空中一丝黑黑的云。但他还是遮不住光明，因为他黑黑的体内有黑黑的心。当老阿妈把300元钱摔在他面前，伸手扇他耳光时，他也没躲。公安人员制止了老阿妈。

这篇文章写到这个份上，有一个问题逼着我们做出回答，这就是：藏羚羊的羊绒为什么有如此大的诱惑力，它的特别用处到底在哪里？

我深信可可西里保存着无限的隐秘：藏羚羊的锐减不是它的熄

灭，更不是终结。

藏羚羊驮着可可西里在世人的眼中奔跑，可可西里的价值就凝聚在藏羚羊的背上。

藏羚羊终生的生存领地是海拔 3700 ~ 5000 米的高寒荒漠地带，气温极低，大都是雪线以上，积雪终年不化。有的地方被雪覆盖期超过半年，没有无霜期。为适应这种恶劣的自然环境，藏羚羊在长期的进化与适应中，身上长出了保暖性极好的绒毛。它的绒精细，轻软，弹性好，是世界上公认的最好的绒。在中国境外，1 公斤藏羚羊绒的价格为 1000 ~ 2000 美元,其绒被称为“绒中黄金”“羊绒之王”。用藏羚羊绒加工而成的披肩叫作“沙图什”（译音，在克什米尔，藏羚羊被称为 Shahtoosh,现已成为国际通称）。克什米尔印度控制区是全球最大的加工“沙图什”的地区，其产品主要运往欧洲销售，也有将原料运往欧洲加工的。英国是出售藏羚羊制品的主要国家。

“沙图什”披肩长 1 ~ 3 米，宽 1.5 米，重 100 克左右，轻柔如絮，可以从一枚戒指中穿过，因此，它又有一个美名“戒指披肩”。传说把鸽子蛋放进柔而暖的藏羚羊绒披肩里，就可以孵出小鸽子来。一条“沙图什”需要用 300 ~ 400 克羊绒，而一只藏羚羊产绒仅 100 克左右，这就是说编织这样一条披肩得猎杀 3 ~ 4 只藏羚羊。一条“沙图什”披肩的价格在 3 万美元左右，高的竟达 4 万美元。因此，“沙图什”披肩在欧美、印度等国家成了身份与财富的象征，连中产阶级也以拥有一条“沙图什”为荣。

就像富人碗里的羹汤正是穷人的血汗一样，藏羚羊绒成为“沙图什”的唯一原料的同时也给藏羚羊带来了灭顶之灾。

然而，人们把“沙图什”在国际市场上价格的不断攀升，与青藏高原藏羚羊的减少必然地联系起来，这中间还有一个并不短的过程。是在把一个“美丽的谎言”戳穿后的结果。

长期以来，以贩卖藏羚羊制品获得巨额利润的商人，一直在兜售精心编织的一个埋在雪里企图欺骗春天的谎言：“沙图什”的原料“来自西藏的北山羊。在喜马拉雅山严酷的冬天结束之后，北山羊在低矮的树或灌木丛中把绒毛换掉。西藏羌塘的牧民开始了艰苦的收集。他们在春天的三个月中爬到山上，寻找、收集成簇的毛”。这是纽约一家商场为“沙图什”的原料做的广告词。谎言掩盖了藏羚羊绒贸易中罪恶的血腥。

戳穿谎言的人是纽约野生动物保护协会的负责人乔治·夏勒，这位杰出的美国动物学博士，对制造谎言者当然义愤填膺，但是他决心拿出证据击破谎言是从80年代中期开始的。当时他刚刚结束了大熊猫研究的计划，就着手开展对青藏高原的野生动物研究工作。在此后的近10年时间里，夏勒博士每年都用三个多月的时间深入实地进行考察。可可西里，羌塘草原，还有喜马拉雅山下，都留下了他探寻真理的辛勤足迹。1988年夏天，他来到可可西里一个小镇，看到几个狩猎者正从藏羚羊身上摘取羊绒，然后卖给当地的走私犯。他步入一个走私犯家里，看到院子里的羊绒已经打包，主人告诉他这些羊绒要运到尼泊尔，然后再走私到克什米尔去加工。1991年的一天，夏勒博士来到一个狩猎人的帐篷，看到帐篷里码着一摞藏羚羊皮，一点数22条。帐篷外是剥了皮的藏羚羊尸体，他问狩猎人怎么不把这些尸体埋掉，得到的回答是：管不了那么多了，过两天我们把帐篷一卷就走人……夏勒博士的细心、有心再加上艰辛，使他获得了可靠的、铁证般的第一手资料。当他手里握着厚厚的调查报告时，高兴地对他人说，我离成功只有一步之遥了！

绒发鉴定技术可以确定藏羚羊绒的特性。夏勒博士在美国以及印度对他的调查成果进行了科学试验，并从几百条“沙图什”上取样品鉴定，结果都确凿无疑地表明一个真相：制作“沙图什”的原料只来自一个物种——藏羚羊。采集这种绒的唯一办法是先把藏羚羊杀死。

1992 年，夏勒博士向世界公布了他的这一研究结果。他用熟练的汉语给每一个对他的研究感兴趣的人说，“沙图什”是货真价实的“血造披肩”。

在我们向这位心怀良知的美国科学家致以深深敬意的时候，也忘不了另一个中国人为呼吁保护藏羚羊立下的功劳，他就是梁启超之孙梁从诫先生。梁从诫是全国政协委员，也是中国最有影响力的非政府环保组织“自然之友”的会长。他说，“自然之友”作为民间组织，虽然不可能站在保护藏羚羊的第一线与偷猎者战斗，但是我们将尽全力为保护国宝藏羚羊努力地工作。他在全国政协会上提案呼吁政府采取有力措施保护藏羚羊。1998 年 10 月 6 日，他致信英国首相布莱尔，指出藏羚羊制品在欧洲市场走红，英国已成为出售“沙图什”的主要国家。他希望此事引起英方的关注，并希望在铲除藏羚羊绒贸易的国际努力中，英国能够站在前列。梁先生在信中忧心忡忡地写道：“按照在印度加工藏羚羊被猎杀的数量估算，每年当有 2 万只以上的藏羚羊被猎杀取绒。如果盗猎以这样的规模进行下去，藏羚羊生生灭灭，20 年内很可能被灭绝！”所幸的是，布莱尔收到信后第二天就给梁从诫回信，表达了英国政府的决心：

敬爱的从诚教授：

谢谢你10月6日关于藏羚羊保护和藏羚羊绒贸易问题的来信。

你对非法猎杀藏羚羊的憎恶和你对这一物种前景的忧虑，我深怀同感。我一定会把你的要求转告给联合王国和欧洲联盟的环境主管当局。我希望将有可能终止这种非法贸易。

祝你在保护中国环境的重要工作中获得成功。

你忠实的

托尼·布莱尔(签名)

1998年10月6日

在可可西里罪恶的枪声时而激昂时而停息的断断续续的回荡声中，保护藏羚羊已经引起了社会各方面的关注。中国政府发表了《中国保护藏羚羊白皮书》。1999年6月15日，中国野生动物保护协会、中国科协、北京野生动物保护协会共同举办了“保护藏羚羊行动报告会”，呼吁社会各界关心、支持我国藏羚羊保护事业。中国野生动物保护协会发出了《保护藏羚羊行动呼吁书》。1999年5月26日，青海省农业厅、青海省野生动物保护协会发表了《青海省藏羚羊保护倡议书》。

昆仑山腹地猎杀藏羚羊的枪声还在响着，穿越可可西里的上空时犹如游丝一般，细细的、绵长的。远了，近了;近了，又远了……

我奔走在西宁街头，为了搜集写作藏羚羊的有关素材。在西大街西北高原生物研究所的标本室内，我看到藏羚羊的皮毛标本，它的身姿依然那么优雅，但是它死了，它不会呼吸，只是一个外壳。我为死去的藏羚羊祈祷。我奉劝人们，不要走进标本室，到可可西里去吧，到大自然的怀抱去看吧，那里藏羚羊在广阔的天地里奔跑起来，那流线型的英姿才最好看呢！

藏羚羊，你快点跑。跑成一条流线，与地平线一样美丽的流线。你可否注意到你的背上驮着可可西里，那是祖国扇动的羽翅，它充盈着奇光异彩，那是一位“美丽的少女”！

可可西里的黎明

可可西里真好，没有野花，却有姑娘。

阿德很可爱，那只藏羚羊也可爱。人和动物都可爱时，这个世界将是平和的。太阳格外红，月亮格外亮，草原格外美。这种平和是巨大的，我相信那只在雪山之巅盘旋的苍鹰也背不动！

沙坡上最后的一棵草，被黄风掩埋。

荒原裸露。远山还有藏着雨水的云么？

枪声。

遥远的地平线上，一群藏羚羊受惊四散而奔，风声夹杂着飞蹄声，每一根绒毛都在匆匆逃命。

我被一阵藏家那悠长、婉转的歌声吸引了，闻声而至，在雪山脚下一顶被烟火和酥油茶熏染成绛紫色的帐篷前，看见了她。

她戛然止唱，脸羞得红红的，披在肩头那一束束小辫子仿佛都翘起来生我的气，绝对没有望我一眼的意思。我顿有所悟，忙用刚学会的藏语向她致以歉意，却含着褒奖：“你是为蓝天白云而唱，你是为草原野花而唱，也是为你心中的一个人而唱。我打搅你了。”

她立即转过身来表示异议：“不对，我是为这可怜的小家伙唱歌。”

说话时她的眼睛总没有离开脚下。她又说：“人家并不会唱歌，谁叫你来偷听的！”

我笑了，这不是唱得蛮好嘛！

我这才看见，她那镶着耀眼花边的藏靴旁，有一团蜷缩着的绒毛，那是一只瘦小的藏羚羊。可可西里草原六月带着寒意的和风，拂动着它的绒毛，涌起层层波绒。在这没有草的旷野上，那波绒显得格外惹眼。此景极易让人联想，我一下子想到了一句歌词：“风吹稻花香两岸”，竟也不由自主地哼了出来。她双眸一亮，马上接唱：“……朋友来了有好酒，若是那豺狼来了，迎接它的有猎枪。”

我真高兴她有这样敏锐的天赋：“唱得好！接得妙！”

她却说：“可可西里的人谁都会唱这支歌。”

我问：“为什么？”

“因为藏羚羊的敌人太多！”

我就这样认识了这位叫阿德的藏族姑娘。

在她领着我去放牧点的路上，我随她身后而走，有机会细细打量了这个聪明、漂亮的藏族姑娘：朴实、大方是她最突出的魅力，上有一头乌黑亮丽的发辫，下有那双展示她好身材的藏靴，露在藏袍外面的那只戴着两圈藏式手镯的胳膊，很霸气地向所有人张扬着她的健美、娇柔。

啊，好个阿德，素面朝天，漂亮过人！

她怀抱小羊崽，一颠一颠地走在我前面。

阳光穿透江河源头云层的硬壳，从圆圆的洞口惊喜地射出树叶状的一片光泽。

荒芜的可可西里也有绿色。

可可西里系蒙古语，意思是“青色的山峦”。这大概是最初的繁茂写照，也许是一种向往吧，反正现在那里早已变成了一片少有草丛的荒漠。所以原为“可可西里草原”的全名，索性被人们省略去了两个字，只剩下“可可西里”了！

我在可可西里暂时住下了，军用帐篷就撑在那顶绛紫色帐篷的旁边，四根大绳牵着帐篷，一杆铁柱中间撑。学习工作空间大，风雪夜夜伴我眠——这就是军人的生活，也是军旅作家的生活。

可可西里真好，没有野花，却有姑娘。

阿德很可爱，那只藏羚羊也可爱。人和动物都可爱时，这个世界将是平和的。太阳格外红，月亮格外亮，草原格外美。这种平和是巨大的，我相信那只在雪山之巅盘旋的苍鹰也背不动！

然而，可可西里不知从什么时候起就失去了这种令人温馨的人与动物和平相处的氛围。罪恶的枪声把可可西里戳得千疮百孔。据悉，在20世纪初，青藏高原的藏羚羊有100万只左右，目前只剩7万只还不到，狩猎者每年以1万至2万只的速度猎杀它。

楚玛尔河是可可西里人淌下的眼泪，流向山外，沉没在远方。

阿德没有进我的帐篷，只是站在外面，大声地冲着我喊了一声：“过路的叔叔听着，我家的藏羚羊怯怕生人，不要到我这边来！”

我想象了一下，她必定朝我的帐篷挥了挥手，那是一个大胆而无情的手势。谁让我那么唐突地闯进她的家园！

阿德和藏羚羊没有语言，只能用歌声交流。其实歌声也不是他们的语言，仅是一种感觉或感应而已。

谎话、誓言居住在另一个世界，置之不理。

自然，歌儿是用藏语唱的，好在我有半懂不懂的藏语基础，躺在军用帐篷里能听懂个大意：

天上下雨地上滑
别人推倒自个爬
谁要拉上俺一把
俺把高兴送给他

因为只能听，无法看到，我猜测，藏羚羊准会微闭双眼，静静地听着。因为那顶帐篷里没有一丝儿响动。

阿德又唱了几遍这支歌，好像还哼了别的什么曲调。

夜很深了，阿妈才用苍老的声音安慰起了藏羚羊："宝贝儿，该歇着了，阿德也困了，明儿个再唱吧！"

所有的声响都沉没在静夜里。

我比谁都知道漆黑的可可西里之夜，有爱的呼吸。

又一个夏夜。

窗外的风，把飞飘的雪一层一层地刻成古老的象形文字。

六月雪。

藏羚羊睡着了，阿德的歌声也停了。

一阵清脆的踏雪声。她踏进我的帐篷，这是我住在可可西里后她第一次主动来找我。她讲话总是开门见山：

“我看出来了，你是有话要问我的。”

我也直截了当地回答她：“是的，是关于你和藏羚羊的关系……”

她笑了，忙用手制止了我下面的话：“那你就问吧，需要我回答的我都讲出来。”

“藏羚羊能听懂你的歌吗？”

“歌声可以医治它的伤。”

“伤？你伤了它？”

“一个月前的那天早晨，我发现它半躺半卧在草坡上，蜷缩着两条血肉模糊的腿。看得出是枪伤。它大张着嘴却发不出声，我还是看出来了。它在呼唤善良的人救它一命。好可怜哟！”

“到底是谁伤的它？”

“带枪的人。猎人，也许是那些兵们。”

“遭罪，真遭罪，它顶多才一两岁吧！”

“那天我把它抱回来，它在我怀里一直流眼泪。我听到了它的哭声。它的哭很像小娃儿在哭。它没有了妈妈，妈妈也失去了可爱的孩子！”

“难道是你用歌声医治好了它的枪伤？”

“我也不知道。我抱着它回到家后，给水它不喝，给草它也不吃。后来我无意中唱起了歌，我是急得不知道怎么办才唱歌的，它竟然不哭了，竖起了耳朵，很安静地听我唱歌。我知道了，它要我唱歌给它听。阿妈对我说：‘孩子你就给它当一回阿妈吧，用你的歌儿好好照料它，直到它的伤全好。'”

“你都唱了哪些歌，它最喜欢听什么样的歌？”

“凡是我会唱的藏家的歌儿都唱过了。一个多月了，我不知重复地唱了多少遍那些歌儿，它总是很用心地听。可是，它就不愿听阿妈唱歌，阿妈的嗓音像破锣，它一听见就吱哇乱叫。”

我明白了，歌声有一种特殊的保健作用，这是医学专家说的，它能抚平人心灵上的痛苦，对身体上的创伤也能起到一定的功效。总之，歌声能治病，这没错。

“它很害怕枪声，有时我在唱歌时，冷不丁从什么地方飞来几声枪响，它就怕得连歌儿也不听了，直往我怀里钻。有一回听见枪声后它整夜里哆哆嗦嗦地缩在我怀里，一放下它，它就哭，就叫。它不愿意离开我，它太害怕枪声了。”

……

因了阿德提到枪声，我们的谈话暂时中断。她不讲了，我也不再问了。

整个可可西里仿佛都躲藏在阴森、可怕的寂静中。世界发生了什么事，难道枪声可以肆无忌惮地强奸歌声？

这个落雪的六月夏夜，我们能把冬天拒之门外吗？

这是我暂住在可可西里的第七天，阿德这才问起我的职业。看来我从事什么工作对她来说是无所谓的，所以她问得相当不经意，完全是有一搭无一搭的样子。这使我感到回答不回答她的提问都是一样的。但是，当我告诉她我是一个来可可西里采访的作家时，她显然有几分惊喜。

“作家？写文章的，我太崇拜了！”

我忙说：“是常常写点文章，像以你们可可西里为题材的文章就写过一些。不过，眼下我并不急着写什么，而是想为保卫可可西里做点儿什么。特别看到你那样善待一只受伤的藏羚羊，我很受感动，自愧不如，我不知道我该怎样帮你的忙。”

她显然愿意听我讲这番话，很快活地说：“那太好了，明天咱俩就做一件对那只藏羚羊来说十分重要的事情。”

“你快告诉我，什么事？”

“藏羚羊的伤已经基本上好了，我准备‘放生’让它回去。这之前，我要找一条安全的又不容易被猎人发现的道路，好让它平安无事，顺顺当当地回到家。”

“是的，妈妈爸爸一定很牵念这个离开它们一个多月的孩子了，其实我俩应该护送它回家。”

“送回家？你知道它的家在哪里？它的妈妈爸爸是哪一只……”

我不知该怎么回答她，但我乐于跟着阿德去探路，探出一条藏羚羊回家的路。

它的妈妈就在楚玛尔河对岸，但愿它能离开我们的搀扶，独个儿跨过河，扑进妈妈的怀抱。

我和阿德坐上了一辆便车，沿着楚玛尔河岸的便道向可可西里深处驶去。司机告诉我们，白天巡山反盗猎队的队员总会在这条路上巡视，应该说这是藏羚羊出进可可西里的一条比较安全的通道。

我俩听了，心里踏实多了。当下就决定，让藏羚羊走这条路回家去。

然而，后来遇到的一件很意外的事，给我们心里又插了一把刀……

那是在一处低凹的地方，我们的汽车刚拐了个弯，就看见三只狼正在啃吃一只藏羚羊，藏羚羊已经死了，狼们吃得很贪婪。司机见状，不由分说就开着车追赶狼。阿德虽然一直在阻拦司机的行动，但是狼还是被司机赶跑了。之后司机停车，把藏羚羊拖到车旁。

阿德抱怨司机这件事做得太不应该了。司机不解，赶狼救羊有什么错？阿德解说道："既然藏羚羊已经死了，就没有必要赶跑狼。到头来那三只没有吃饱肚子的狼还会再找一只藏羚羊吃掉。"司机听罢感到十分羞愧，他本来是为了保护藏羚羊才赶跑了狼，没想到还可能会害死一只或几只藏羚羊。自然界的法则是不能破坏的，保护藏羚羊也不能想当然。

那天探路回来，阿德的情绪一直不好，一句话也不说，再也不提放藏羚羊回家的事了。

在她担惊受怕的枪声之外，又多了凶残的狼。生活呀，为什么要如此残忍地为难这位善良的姑娘！

我没有劝阿德，原因很简单也很复杂。

阿德"放生"的事无限期地搁置下来了。

我不能老待在可可西里，还要赶到拉萨去办事。我是在一个黎明离开可可西里的，要摸黑走 20 多公里路到青藏公路边的汽车站，才可以搭上汽车。阿德没有送别，我心里总觉得空荡荡又沉甸甸的，步子迈得很沉缓。

黎明的可可西里空旷而寂静，空旷得使我感到整个宇宙间就剩下我一个人在赶路，寂静得让我觉得随时都会有一个黑影从什么地方钻出来伤害我。我一直在毛骨悚然地小跑着，想早一点儿赶到公路上。间或从很远的地方传来一两声冷枪声，更增添了我心中的恐惧。

我希望中的真正意义上的可可西里那种宁静而温馨的黎明，已经被带走，或者说还没有来到，总之很遥远。

何时可可西里的黎明完全没有了枪声，我会迈着轻松的步子走回来看日出。

我快走到青藏公路边时，东方已经放亮，山的曲线渐渐地渗出了夜幕。就在这时候，我突然看见了阿德，她站在一个山包上，身边是那只藏羚羊。他们的影子十分清晰地投射在蓝天上，很像一幅剪贴画，我能看出，那幅画是忧郁的，没有半点欢愉。他们呆呆地站着。噢，我明白了，她是赶到我前面来送我。但是，她一直没有回过头看我，也没有招手。她有心事……我离开可可西里的头天夜里，她向我表示，眼下不能把那只藏羚羊放回大自然，它即使躲过了猎人的黑枪，也难逃脱恶狼的虎口。她建议，等我从拉萨返回可可西里时，我们俩把藏羚羊一直送回家，交到它妈妈的手里。这办法虽然很可笑，但我还是答应了。我不愿让她失望，更不想让她伤心。我没有想到她会用这样的方式为我送别……

半个月后，我在拉萨办完事，急匆匆地返回到了可可西里。从某个意义上讲，我是专门冲着阿德回来的，因为我完全可以乘飞机直抵北京。

我无论如何没有想到，当我站在曾经撑起军用帐篷的那个地方时，什么也没有了，阿德，还有那顶绛紫色的帐篷，都不见了，一堆被雨水锈死了的灰烬痕迹，很寂寞地残留着。仅仅半个月呀，阿德你去了哪里？那只藏羚羊呢？难道你就是在那个黎明离开了可可西里的？

我像个失去家的流浪汉，徘徊着，步态空虚，精神恍惚。

可可西里为什么总是沉默着？难道眼泪已经流干？

可可西里历史上那个滴血的日子

——杰桑·索南达杰的悲壮故事

我站在昆仑山顶索南达杰纪念碑前，举目远眺，抬头仰望，天空高远，群峰巍峨！

我看见一只高飞的鹰。

它高旋在可可西里上空，已经飞了很久了，仍在使劲飞着。那鹰的叫声如同不朽的大钟，打颤了地面上的戈壁和草滩。沙砾上的尘埃消失了，草尖上的露珠也震没了。那鹰还在飞着，还在飞……

人们总是把他的名字和藏羚羊连在一起，和可可西里连在一起。他的名字是架在昆仑山谷和雪水河上勇敢又绚丽的彩虹，使藏羚羊无论清晨或暮晚都可以在草滩上自由地呼吸新鲜空气。他让可可西里的蓝天更阔亮、草地更碧净，即使遇到风雪狂吼，牧人的日子也安详，静穆。

他叫杰桑·索南达杰。藏语里这是什么含意，我没有考究，但我钦佩万端地赋予这六个字含意：藏羚羊的卫士。

我没有见过他，这让我遗憾终生。但我从多种渠道了解他，从众多人的陈述中我得知他是个勇敢高尚的人。特别是他的那双眼睛，大家给我描绘得最多。他的眼睛总是那么明亮，凝聚着日月的光辉，能深深地嵌进黑夜的皮肤。盗猎分子披着夜幕行凶也难以逃脱他的搜捕。所以我要说，那是一双温暖的可以给可可西里带来光明的眼睛，又是一双坚定地燃烧着怒火的眼睛。盗猎分子憎恨光明就必然憎恨索南达杰。想把可可西里的蓝天绿地变得暗无天日，让藏羚羊在黑暗里走投无路。这样，他们就千方百计地损耗他的这双眼睛，这些刽子手扬言，索南达杰真的是条汉子吗？那我们就挖下他的眼珠当灯泡！

咬牙切齿的狠毒。

我真的没有想到，索南达杰最后还是很不甘心地倒在了盗猎分子的枪口下。那是一声罪恶万端的冷枪。就在他那强悍的身躯倒下去后，我更没有想到的是，他的那双眼睛还大睁着，怒目瞪视着犯罪分子的枪口，直吓得那些恶人丢下枪战战兢兢地呼叫："他没有死，他果然是刀枪不入的汉子！"

是的，他没有死。还傲然正气地屹立在昆仑山上。那是一尊后人为他立的高 20 米的杰桑·索南达杰纪念碑。花岗岩石碑上镂刻着"功盖昆仑，音容常在"八个苍劲豪壮的大字。碑上镶着索南达杰的遗像，那微微卷曲的头发和腮颊上的胡须，昭示着这位藏族英雄剽悍不屈的个性。

我站在昆仑山顶索南达杰纪念碑前，举目远眺，抬头仰望，天空高远，群峰巍峨!

我看见一只高飞的鹰。

它高旋在可可西里上空，已经飞了很久了，仍在使劲飞着。那鹰的叫声如同不朽的大钟，打颤了地面上的戈壁和草滩。沙砾上的尘埃消失了，草尖上的露珠也震没了。那鹰还在飞着，还在飞。一百座山峰，一千条河流，好像受了谁的指派，和那鹰一同在飞。我望着越飞越高越远的鹰，怀念起了它的归宿。它要飞向何处?

有一群牧人，还有可可西里国家级自然保护站的志愿者们，他们同我一起看着高飞的鹰。

于是，我的双脚还有整个身子随着雄鹰的翱翔，深深地戳入悲怆的可可西里大地!

一

可可西里属于青海省玉树藏族自治州的治多县管辖。

说起来很有意思，很长很长一段时间，在我的意识里，可可西里似乎理所当然地是格尔木的一块属地。谁能说不是呢?据说，格尔木是世界上面积最大的城市，是青藏公路和青藏铁路的交会处，也是西藏运输能源和物资供应的大后方。昆仑山和唐古拉山就在它的境内，格尔木最大的乡唐古拉山乡就设在可可西里地界上的沱沱河镇。可是一般人无论如何都不会想到的是，4.5 万平方公里的可可西里无人区，恰好也处在唐古拉山乡的中间。这一大片地区的行政区划，却划归毗邻格尔木的治多县管辖。它的周围，除去那个狭小的出口处，都被格尔木的领地包围着。

索南达杰是治多县委副书记。1992 年，为了保护和开发可可西里的资源，青海省同意治多县成立西部工作委员会（简称西部工委），将原来主要是管理采金等事项的职能，转换为主要管理野生动物和藏羚羊的保护职能。索南达杰兼任西部工委书记、可可西里经济技术开发公司总经理。

我得到了这样一组与索南达杰有关的数字：

“从他兼任西部工委书记到他牺牲，545 天的时间内，他 12 次深入可可西里，行程 6 万余公里，历时 354 天，足迹遍布可可西里。”

难忘的是第一次进可可西里。90 年代初，想发财的人陡然多了起来，他们从青海的其他州县以及邻近青海的甘肃、宁夏、陕西、四川等地，一窝蜂似的涌进可可西里挖金矿。沉睡了千百年的这片土地被铁锹洋镐刨得遍体鳞伤，呻吟嚎哭。当时索南达杰和他的同事们的主要任务还是接触金农，了解可可西里的情况。因为初进可可西里，路途陌生，遇到的人员陌生，得到的情况也陌生。他也正是从熟知了这些诸多的陌生才逐渐变得胸有成竹，亲近了藏羚羊。

多秀，这是个地名。为什么叫这么个又美丽又浪漫的名字？秀在何处，天上的星辰还是地上的湖河？索南达杰不得而知，也无法追寻。因为这里只有一户人家，主人叫普哇，藏族。而且他是游牧到这里后暂住下来的，一旦他结束了游牧，人走屋空，这儿还叫不叫多秀，一切都是未知。更有意思的是，这儿却有个多秀盐场，自然也是普哇经营的。

索南达杰和他的人马赶到普哇家时，他好像正在帐房前拾掇着一个羊皮什么的，是洗刷吧。普哇有些紧张起来，想走又走不脱，只好装傻不讲话。可以推想，从采盐的第一天开始，他大概就不会把心稳稳当当地装在胸腔里，因为他清楚这种行为的后果。再闭塞再遥远地方的人起码知道犯法的事是做不得的。还没等索南达杰开口，普哇就进了帐房拿出一张纸，他的脸上是敌意的但又不得不带着一种求饶的无奈表情。他对索南达杰说：“这是我们在省城西宁办理的采盐许可证。”他的语气里特别加重了省城两个字。他一点儿也不傻。之后他有意亮出那个盖在上面的红图章让索南达杰看。

索南达杰仔细看过了许可证，问普哇：“你知道你住的这个地方是属于哪儿管吗？”

见普哇不语，索南达杰接着说：“这是治多县辖区，你这许可证上说的是让你在 109 国道南侧的曲麻莱县采盐。这样你还得去治多县更换一下手续，齐全了，你还可以继续在这儿开采的。”

普哇布满敌意的脸开始缓和，他讨好地说：“你们大老远来，一定饿了吧，午饭就在我家吃。”说着就去倒茶，还扭过头大声嘱咐屋里的妻子煮肉，殷勤又热情。

由于想了解更多的情况，索南达杰没有回绝普哇的“热情好客”，坐下喝茶。普哇续着茶说：“我看也是，只要有许可证，在哪儿采盐还不一样，反正都是中国的地方。”

索南达杰说：“那怎么可以呢，你家的就是你家的，别人硬要说成是他家的，你肯定不干。反过来也是一样，我家的你也不能说成是你家的。”

普哇马上应和：“那是，那是，各家端各家的碗嘛。你说得对。”

索南达杰提出到他的盐湖去看看，是想详细摸摸这儿盐田资源的情况。普哇竟然很痛快地应承下来，还说："我带着你走一趟，这里的盐湖可好了，风光好，盐也好，看一看，可以开开眼界。"

索南达杰笑了，心想，我有心思欣赏风光吗？到处有人挖金，有人采盐，可可西里都被这些私挖滥采的人挖得流血了，喊疼了，我怎么好悠闲地游玩呢！

普哇坐上汽车，充当向导，出发了。这真是一个肚里藏不住话又快活的藏族小伙子，总是他主动地提出一个又一个问题。他说："这里的盐是再生性珍珠盐，今天挖了，要不了几天又会长出来。"

索南达杰笑问："那不成了聚宝盆啦！你们靠它就能发财致富。"

普哇说："那可不是聚宝盆咋的，要不我百里千里跑到这里干啥！"他发现自己说溜了嘴，忙岔开话题说："你说发财？谈不上，混个肚子圆就是了！"他还说："这盐的销路主要在西藏，他们可欢迎这儿的盐了！"

索南达杰顺着问道："西藏那么远，你们怎么把盐运去？"

普哇的话匣子打开了，说："不用我们跑腿，每月的初一、十五两天，准会有盐贩子上门收购，你坐在家里数票子就行了。"

"那些盐贩子用什么价码收你们的盐？"

"一麻袋青稞换一麻袋盐。"

索南达杰问："那你们家的青稞还不堆成山了？"

"不会的，我一两个月就用牦牛驮到县城换成人民币了。"

"你准备采多久才回家？"

普哇说："钱这玩意儿没有挣够的时候，差不多就回去了。家里老小还等米下锅呢！"

索南达杰沉思着，今天的收获不小，掌握了不少从未听说过的新鲜事儿，还真得感谢这个私采盐矿的普哇哩！

索南达杰对普哇有了一些好感，人家掏心窝讲话，容易吗？他对普哇说："你是办了手续挖盐的人，不管在哪个辖区，我都感谢你办了手续。不过，我还是要提醒你，要到我们治多县转换个手续。这样就合法了，祝你发财！"

从盐湖回来已经日头偏西，普哇说锅里的羊肉早就熟了，要留客人吃了再赶路，说跑了半天也该犒劳犒劳饿瘪了的肚子。他特别告诉客人，两个锅里是两种羊肉，好吃着哩！

索南达杰马上问了一句："哪两种羊肉？"

"有家羊的肉，还有藏羚羊的肉，你们愿意吃哪样随便挑选。"

索南达杰听了犹如刀尖戳心，痛惜地说："我没有随便吃别人东西的习惯。藏羚羊是国家一级保护动物，你们吃它是在犯罪！"说罢就甩手而去。

刚迈开双脚，他一想，不可！便又转身对普哇说："你们在这里采盐是政府允许的，如果随便猎杀藏羚羊和其他野生动物，我们就不答应了，是要绳之以法的。"

普哇有点委屈地说："同志，这藏羚羊不是我杀的，草滩上有的是被打死了的藏羚羊，皮子被人扒走了，只剩下了肉。我经常拣来吃。"

索南达杰大声告诉他："以后看到有人杀藏羚羊就举报，我们就是专管这些人的！"

普哇若有所思地望着他们渐渐远去的背影，好久好久，站着不动。

这天傍晚，索南达杰来到五道梁，他们要在这儿吃晚饭，住宿。

提到五道梁，人们马上就会说出那句在青藏高原上流传很广的顺口溜："来到五道梁，难见爹和娘。"这个地方的自然环境十分恶劣，一般人很难过这一关。缺氧、酷寒，那就不用说了，最残酷的是水，水质极差，水中含着一种对人体有害的元素，人食用久了会落头发、指甲凹陷，还影响生育。长年坚守在五道梁的是解放军，五道梁兵站已经在这儿挺立了五十多年了，担负着进藏部队的后勤保障任务。五道梁在治多县的辖区内，却出乎常人意料地给曲麻莱县的人提供了发财的机遇。原来这个地方很少有治多县的人烟，这样就近的曲麻莱县的牧民就顺理成章地来五道梁做生意，饭馆、小旅店、修车铺、百货摊等一应俱全，为过往的游人提供方便，逐渐形成了一个小集镇。曲麻莱县在五道梁办个体户税收、工商等事宜，也算一种创收吧！索南达杰很风趣地跟他的同事们说："这好比我们没出国，却要住外国人的旅馆，进外国人的饭店，让人家在我们的地方赚我们的钱。亏不亏！"大家被他这个形象的比喻逗乐了。

他们在公路边随便找了个门楣上写着"春来饭馆"字样的小饭馆就餐。饭馆老板是个干活很利落的中年女人，待客热情，话语又多，三两下就和就餐人员熟络起来。

索南达杰问她："你是老板还是老板娘？"

女人回答："你看我这样儿像个老板吗，我家老板上山赶羊去了，你就叫我大妹子吧！"

"不敢认你当大妹子，还是叫老板娘的好。"

"我是无所谓，叫啥我也不会舍斤少两。反正我家那口子白天黑夜都围着我转，别人吃不着肉也闻不着腥。他去扎玛西孔赶羊了，马上就回来了。你们很快就能看到他，憨憨的，怪可爱的。"

索南达杰觉得这女人有点烦，谁愿意听你讲这些酸话？不过她几次提到赶羊，不知那男人赶的什么羊，又咋个赶法？他问：“赶什么羊？”

那女人立即讥笑索南达杰太迂，说：“瞧你少见多怪了吧，藏羚羊呗，那羊的皮子很值钱的！”

她似乎发觉自己说溜了嘴，可是说出的话就像泼出去的水，是收不回来的。任索南达杰再怎么问她，她都绝口不提藏羚羊的事。很快她像发现了新大陆似的，突然改口对索南达杰说：“大哥，我看出来了，你们是公家人。这顿饭算我大妹子请客，不用买单了。”

索南达杰说：“这怎么行呢，你算猜对了，我们是公家人，绝对不会白吃你一口馍馍。”

出了小饭馆，索南达杰对同行人员说，今晚你们都好好睡一觉，明日一早咱们直奔扎玛西孔！

扎玛西孔，这是老板娘无意间透露的她家老板“赶羊”的地方。这一夜，别人是否好好入睡，无从考证。反正让大家好好睡一觉的索南达杰却几乎一夜未合眼。扎玛西孔牵去了他的全部心思，他在随身带着的可可西里矿藏分布地图上，总算找到了它。它在五道梁东北方向大约 15 公里处。他还从五道梁兵站了解到，扎玛西孔是一个铜矿，一个国家重点保护的特大型铜矿。现在还没有向外公布。兵站的同志还告诉他，所谓“赶羊”就是猎杀藏羚羊。

还没到扎玛西孔，索南达杰就感到了肩上沉甸甸的担子。即将要去的地方，不仅要保护藏羚羊，还要保护国家的矿产。能睡得着吗？他的脑海里杂乱无章地填满了藏羚羊、铜矿，还有老板娘诡异的面容。最后这些东西聚集成他异常熟悉的一句话：可可西里是祖国的一块宝地。

后来他入睡了。把可可西里放在枕边，把责任感抱在胸前，他的心就回到了一个安静的世界。为了明天的路程和任务，今晚他必须好好睡觉。

梦中，他走进扎玛西孔铜矿……

扎玛西孔铜矿就在扎玛西孔山中。

索南达杰一到山下，就被大山粗重的呼吸劈头盖脸地拥抱。那么多开采矿石的人呈现在眼前，有的如洪水猛兽般地涌向山中，有的已经如饥似渴地开始就地采挖。满山烟尘，喧闹声不绝于耳。一排载重汽车停放在并不宽敞的山中的一块平地上，等待着装矿石。索南达杰走进人群中细细察看起来，似乎没人发现他。这是一个露天矿，大概只需揭开十多米的草皮就露出了矿石，银白色、灰白色、金黄色，还有绿色，他没想到铜矿的色泽竟然如此丰富！他更没有想到国家还没有向外公布的这个矿山，竟会涌来这么多的开采者。谁能说可可西里太遥远，又有谁能断言可可西里永远是无人区！在荒原山野里寂寞无助地奔波了好些天，现在突然闯进这样一个喧嚣凌乱的天地里，索南达杰确实不适应，不知从何下手。还好，这时一个灰头土脸的人发现了索南达杰，他走过来打量着这些来人，用疑惑不解的目光在每个人身上扫了一遍后，那微锁着的眉头有些许的放松。显然他还没有弄清楚这帮来人的真实身份。他继续小心翼翼地走近，仍然不断地打量着、琢磨着。倒是与索南达杰同来的一个同志突然上前给那人递了一支烟，他接住了烟，眼睛仍盯着来人。这时，索南达杰走过来主动和这个人搭上了话：

“兄弟，你们这都是哪儿来的？”

“哪儿来的？这就不好说了，五湖四海，四面八方。我是四川人。怎么样，你也是来凑份儿的吧！”

索南达杰一笑，岔开话题，追问：

“你是采矿的老板吧？”

“你瞧我这个寒酸劲，连双皮鞋都穿不起，老板是这派头吗？我只是个小工头，给老板打工。老板刚从兰州回来，他请了个专家对这里的矿做了光谱分析，结果认定这里并不是纯粹的铜矿，而是伴生铜矿和孔雀石银矿，银的品位在百分之七十以上。”

“什么是光谱分析，哪里的专家给你们做的光谱分析？”

“你问我？我跟你一样，不懂，不知道！”

“你们挖矿赚了不少钱吧！”

“赚钱？钱都叫老板抠到自个儿腰包去了，狠着呢！我们穷打工的，图个肚子饱，再给家里的饭锅添点荤气就满足了！”

“你们挖的矿都运到什么地方去了？”

“哪儿要就给哪儿运呗，这也是没准儿的事，远到川贵，近到青藏，都有。你看这么多汽车都候在这里，等着装货，供不应求，反正有人给钱我们就供货。”

说到这儿，这个人仿佛是酒醉才苏醒，突然像发现了什么似的，看了看索南达杰的制服，没头没脑地问：“你们这一伙是当兵的吧，是不是也想发点财？当兵的腰里瘪瘪的，怎么养家糊口？来，和我们一起挖矿吧，再不行一个月怎么也能赚它个三五百元的。这个鬼地方山高皇帝远，根本没人管，只要不怕死，就能发大财！”

“没人管，谁说的！我们今天就是来管你们这些私挖乱采的！”说着，索南达杰就让司机把车开到矿场门口，横停在路中央，手卷喇叭筒大声对那些乱挖乱刨的人喊道：

“我们是治多县政府的，你们都把开采证拿出来！”

所有的人一下子都傻了，立刻停止了劳作，乱成一团……

二

索南达杰乘坐的汽车正行驶在可可西里腹地。这里根本没有路，车子走得异常艰难，车轮经常驶进看似平坦坚硬实则松软的陷阱里。好在这里的泥沼不是很深，面积也不大，车陷进去扑腾几下就出来了。其实在这里行进最大的困难是难辨方向。走在四野茫茫的地方，荒无边际，不时有雪峰出现于前方或左右两侧，分不清东南西北。特别是阴天或雨雪天，他们就像掉进茫茫海面，茫然得很。幸亏有索南达杰在西宁买的指南针，他们才没走失。就在汽车艰难地行驶了一段路之后，他们惊喜地发现了手扶拖拉机碾出来的坑坑洼洼的路，司机沿着它行车，稍微好了些。

傍晚，他们来到了卓乃湖边，索南达杰说，咱们就在这里休息。这是几天来他们遇到的少有的好天气，天高云淡，风也很小。夕阳给草滩、雪峰镀上了一层红彤彤金灿灿的光波，连每个人都变得色彩斑斓，浑身闪光，好像成了仙。他们把车停在湖边一个地势稍高的草坡上，准备晚餐。大家七手八脚地忙着，有的拿出方便面、榨菜、饼子，有的搬来石头支锅灶，有的端起铝锅找淡水，还有的给喷灯打气，准备点火做饭。

索南达杰患有胃病，已经很有些年月了，老毛病。每日三次服药必不可少。这时他取来粉状胃药，又从兜里摸出一个 5 分钱的硬币当量具，熟练而轻巧地舀了药，一仰脖子灌进了嘴里。

随行的才仁当智笑问：“书记，你这吃药法倒是蛮新鲜的！”

他也笑答:“本来有个塑料小勺的,成天颠颠跑跑的给弄丢了！”

才仁当智又问：“你得这病多少年了？胃病是个很麻缠的病，你要提早治疗，拖下去不好。”

他说：“治着呢，怎么会没治。只是没得好办法，只能这样将就了！保住能吃能拉就行了！”

谈话有些沉重，才仁当智便不敢再问下去了。

稍停，索南达杰对几个随行人员说：“这个地方不比咱们的县城。讲究不得,把饭填进肚里就行。在这吃饭得有门道,要慢嚼慢咽,这里海拔高,吃饭吃得急了,不但会引起胃疼,还会发生高山反应。”

说着他就朝着正在煮稀粥的扎巴多杰说：“八十多度就开锅了，你要多煮一会儿，用慢火煮。”

“多亏书记提醒,刚才我看到米粒在锅里翻滚,还准备灭火呢！”

旁边的韩伟林说：“我的肚子早就饿得需要塞点东西了，也多亏你提醒，要不我会像饿狼一样去吃饭的。”

索南达杰笑笑，不语。这些小年轻，就惦着吃，也不想想，这是什么地方，哪能嘴一张就吃饭！

卓乃湖地处海拔 5000 多米的高寒地域，只因索南达杰和同事们是一路慢上坡走过来的，并不感到特别高。静静的死水一般的湖面上倒映着参差不齐的锯齿似的雪峰，那峰上的积雪冷峻、寒硬，给人的感觉就四个字：千年不化。看实体或看湖面的虚幻之物，均如此。湖边沙砾碛碛的地面上，稀稀落落地生长着叫不上名字的扒地草，草的颜色一律青铁色，叶子半卷半掩，好像怕冷从来不敢露出整个脸来。

索南达杰起身走出了几步，就发现地上有一个动物尸体，血迹斑斑，肉已干裂。他蹲下身子辨认了一会儿，便把几个同事叫过来，说：“这是藏羚羊，你们看，尸体还用一根麻绳绑着。显然是有人想吃它的肉，不知什么原因丢在了这里。这些丧尽天良的人扒了藏羚羊的皮张卖钱，还要吃藏羚羊的肉，真是太贪心了！”他告诉大家，不要移动这藏羚羊的尸体，让它原封不动地放在这里，说不定丢失它的人还会返回来找它，最好让我们碰上。

果然碰上了。不过，不是在藏羚羊的尸体旁，而是次日清晨他们离开卓乃湖走出没有两里地时，一伙人突然出现在面前。这些人衣衫不洁，手脸黝黑，大概他们把索南达杰当成了同伙，便粗喉大嗓地喊道：“伙计们，你们也学精了，跑到卓乃湖捞油水来了！这儿是大羊（即藏羚羊）的老窝，咱们谁也别抢谁的饭碗，互相让着点，各人的碗里总会有肉吃。不过，实话告诉你们吧，你们是正月十五贴门神晚了半个月，现在大羊都转移了！”

索南达杰警告对方：“什么捞油水，什么不要抢饭碗，你们睁开眼睛看看，站在你们面前的是什么人？”

那伙人并没有后退，反而又围上来几个人，欲将索南达杰他们包围住。“老子什么人没见过，你们不就是披一张警察衣服的皮吗，谁信这个！现在警察打扮的干拦路抢劫勾当的太多了！”

一阵寒风吹过车前，掠过索南达杰的脸。他已经感到今天的调查隐藏着危险。但他没有惧怕，让司机开上车，其他人步行，朝前走去。

对方又发话了：“别假装正经了，咱们都是一伙伙干买卖的人，你们干吗还要摆这个架势，有话好好说吧！”

他们软下来了。

索南达杰继续往前走，对方节节后退。逼近，后退……拐过一个山弯，一片帐篷很不规则地撑在坡上坡下的草滩上。索南达杰自言自语地说，怪不得这些人气焰这么嚣张，原来他们有根据地呀！之后，他走到一个年纪稍大的人跟前，看样子是个做饭的伙夫，两个人搭上话，了解到了一些情况。这些人大都来自青海的海东地区，也有少数甘肃来的，他们开初是挖金，后来在卓乃湖发现藏羚羊之后，既打猎又挖金，双份地挣钱，双料非法的身份。索南达杰不经意地在“帐篷城”转了转，发现有几个帐篷专门作为武器库，堆放炸药、半自动步枪、冲锋枪。那些人似乎也不大在意索南达杰他们在这儿那儿地转悠，察看。但是索南达杰总觉得气氛很紧张，仿佛随时都会遭到冷枪的射击。既然已经走到了狼窝，那就要拿出打狼取胜的胆量和勇气，否则只能被狼吃掉。于是，他大步流星地走到一帮正议论着什么的人中间，掏出了自己的工作证，让他们看。谁料那些人只是扫了一眼，并未细看。索南达杰便带着警告的口吻说：

“我们是治多县西部工委的工作人员，这块地方是归我们管辖，我们是代表政府来管理这个地方的，要管好这里的金矿，还要保护好野生动物，特别是要保护藏羚羊！”

久无回应。是不在意还是胆怯了？弄不清楚。当然有人抬头望了望索南达杰，之后又埋头各忙各的了。有的在整理刚采的金矿，有的在清点人民币，还有的在打扑克。索南达杰上前拍了拍几个小伙子的肩膀，他是在平稳自己的情绪，也是在平稳大家的情绪，因为他已经发现有些人开始骚动了。那几个小伙扭头望望索南达杰想说什么却没说出，索南达杰问：

“谁是这里的负责人，出来说话！”

一个中年人从人群中走出来，他自称是这里的负责人。不过他声明，自己是第三把手，他称三拿事。他说，大拿事和二拿事都到格尔木办事去了。索南达杰对这个三拿事也是对他的同伙说：“海东的父老乡亲们，还有甘肃来的乡亲们，你们的负责人来了，我们要和他商谈事情，你们有什么要求也可以告诉他，让他转告给我们。现在你们就忙你们的事情去吧。”

人群中有人扬起嗓门说：“原来你们真的是公家人，不是与我们争地盘。我们听公家人的话，我们挖我们的金矿去了！”

三拿事掏出纸烟递给索南达杰，索南达杰说，近来嗓子有炎症，不能抽烟。他又给其他随索南达杰来的人递烟。拿烟的手一直不由自主地颤抖着。索南达杰从三拿事口里了解到，原来这个地方就是他在省城得知的马兰山，这里是可可西里黄金储量最多的地方，不仅有沙金，还有大量的岩金。国家早在10年前就勘察出来了，却一直顾不上开采，当然主要还是经济实力不够，就这样冷落着这片金矿地。没想到被各地来的金农挖得遍地狼藉，他很伤感！

下面就是索南达杰与三拿事对话的问答记录：

“金矿是国家的，任何人都不得开挖。马兰山矿国家早就勘察出来了，你们难道不知道私采滥挖金矿是犯法的吗？”

“那怎么不知道呢，前些日子，我们大拿事还说要补办采矿手续，只是一时弄不清楚去哪儿办。”

“这地方是我们治多县管辖，当然要去我们县办手续。我给县有关部门打个招呼，你们这几天就去办，免得到时出麻烦事。”

“好，一定要尽快办好！”

“你们在这里采金的有多少人？挖了多长时间金子了？”

“海东来的有一百多人，是这儿的大头！还有甘肃、宁夏、四川的，加起来一共二百来人。我是去年春天进来的。挖金人活得不容易呀！”

“怎么个不容易？”

“那是拿命换金子呀！没黑没明地猫着腰干，到头来刨出来的金子都被老板抠走了，落到自个儿手心的是一颗米粒！这还不说，病死的、冻死的、饿死的都发生过。”

“你们也打猎吧，你知道不知道藏羚羊是国家一级保护动物？”

“还不清楚，好像听人说过，也有人杀过这种动物。我们主要是挖金。去年夏天发现卓乃湖的藏羚羊突然多了起来，就顺手打了几只，不知怎么去卖，烂掉了。我们眼下还顾不上去打猎，就是挖金子。”

“挖金、打猎都是非法的，藏羚羊是珍稀动物，国家要重点保护。今后再发现谁打藏羚羊我们就依法惩办！”

“知道了，谢谢你的提醒。”

“过些日子，我们西部工委还会派人到这儿来的，主要是落实两件事，一是检查你们开采金矿的手续办了没有，二是要详细调查你们在卓乃湖地区猎杀藏羚羊的情况，如果情况严重我们要依法处理的。”

“只要给我们办理采金证件，我们就再也不杀藏羚羊了！”

“好，我们要看行动。希望你们说到做到。”

最后，索南达杰对三拿事说：“带我们到你们的开矿工地看看。”

没想到三拿事很痛快地答应了。他们走进了一条山沟，放眼望去，整个一条沟全是抽水的小型拖拉机的机头、管子、筛金网、铁锹、镐头，还有踩踏得破烂的水靴子。遍地都是挖掘的洞坑，有的达十几米深，所有的洞坑里都溢着浑浊的水。这种原始落后的开采方式，把这里的生态环境破坏得满目疮痍。好好的金矿硬生生地让你们这些败家子糟蹋了！糟蹋了！索南达杰连连叹息着。

后来，他到西宁办事时给有关专家讲了在可可西里看到的这些乱采滥挖金矿的情况，专家们痛惜万端地说：太惨不忍睹了！这种野蛮的开采把百分之八十以上的资源都浪费了！

索南达杰又来到了另一条山沟里，看到了一个土碉堡。所谓碉堡，就是一顶蒙着尘土的帐篷，乍看颇像碉堡。碉堡外面的杆上晾晒着一床脏兮兮的被子。说话间，从碉堡低矮的门里走出两个人，面黄肌瘦，衣衫破旧，他们伸手乞讨："大叔大伯，行行好，给点吃的！不要钱，要吃的，我们已经饿了三天肚子了！"

索南达杰是个软心肠的人，他二话不说就吩咐同事先给两个行乞的人送上一些饼干，然后才细问根由。那两个人说他们是守金矿的人，已经守了整整一个冬天，他们村上的人还没回来。带的粮食早就吃光了，从一个月前就只能靠打野兔、大羊活命。肉把他们都吃腻了，提起肉胃就犯恶心。可话又说回来，并不是天天都能打着野味，没肉吃时就只能咽些野草什么的瞎凑合。瞧，人瘦得脸都成了长条条了。这个地方叫小马图，盛产金子，金矿分布在六条山沟里，分别为青海省化隆、循化、民和、湟中几个县的金把头瓜分了。这些把头占金为王，互争互夺，谁也不让谁。械斗的事发生过多次，打死打伤的往往是卖命挖金的农民，若死了一个人，金把头给死者家属赔几百元钱就了事。说到伤心处，两个行乞人声泪俱下，最后跪在索南达杰面前说："我们是好人，种了大半辈子庄稼，这些日子我们算是熬明白了，再在这里待下去，总有一天不饿死也可能被把头打死。现在我们就想回家，可是没有盘缠呀！昨天晚上我俩一直商量着跑回家的事，啥也不怕了，跑！在跑回家的路上被抓去蹲监狱也愿意。请你们饶了我俩吧！"

索南达杰听明白了，这两个人误认为他带着人是来抓他们的，便下跪求饶。于是他向他们解释说："两位农民兄弟，你们起来吧，我们这次来的任务不是抓你们。我们是来了解情况的，你们想办法赶快离开这里吧！"

两个农民一边饿狼似的吃着刚到手的饼干，一边万分感激地说："谢谢您的大恩大德，我们再也不在这儿为别人卖命了！"

索南达杰实在太怜悯这两个农民兄弟，说："我们再给你们一点吃的东西，但解决不了根本问题，你们还是尽快离开这里吧！最好今天就走，再待下去凶多吉少，还有你们说的大羊叫藏羚羊，那是国家重点保护动物，是国宝，不能随便杀伤的。以后看见有人伤害藏羚羊你们要制止，给他们做宣传。"

"一定会这么做的。您对我们的大恩大德，我们一辈子都记着。"

之后，索南达杰给两个农民留下了一些干粮，又上路了。他不时回头看看那两个农民，满腹心事。谁说金子最金贵？你瞧这两个挖金人，也许会把命丢在挖金的路上！

苍鹰在流金的夕阳里飞着，草的叶子上闪着光芒。今晚，他们要赶夜路。太阳还没走，月亮就出来了。

三

多日来在可可西里荒野上奔走，索南达杰的嘴唇都裂开了口子。每天都有狂飙的风雪敲打着车窗，敲打着车篷。敲近了死亡，敲出了爱，爱在他的心里燃起了力量。

在荒原赶路，到处都是终点，到处又都是起点。

同行的扎巴多杰看着索南达杰干裂的嘴唇，怪心疼的，便拿出一支唇膏，让索南达杰抹嘴唇。索南达杰说：“你们先用吧，大家都很辛苦。”

于是几个人轮流给嘴唇抹上了唇膏，感到舒服多了。索南达杰对扎巴多杰说：“这玩意儿我用不惯，太娇气。你还真会生活，随身带着这么珍贵的东西。”

扎巴多杰说：“那是我在教育学院的外国朋友送的，一直舍不得用，没想到在可可西里派上了用场。”

马上有一个同事说：“这就叫不到火候不揭锅，现在到火候了。”

他们就这样坐在汽车上谈笑风生，忘记了旅途的寂寞，艰辛。路面凹凸不平，天是静止的，云是清亮的。汽车慢行着。这种没有公路的荒原不知还会延伸到哪里呢？

突然，车子一颠，机器发出了轻松的响声。车速快了许多。

“书记，你瞧咱们走到青藏公路上了！”

马上又有人更正说：“不对吧，这路怎么毛毛糙糙的，青藏公路是柏油路面呀！”

索南达杰让司机停车，他下车细看路况。之后，又绕了一周看了看，终于弄清楚了是怎么回事，对大家说：“这是慕生忠将军当年修建青藏公路的旧道，几十年来青藏公路经过多次重修改道，多处的旧线路已经成了文物古迹。现在可以肯定地说，我们快走到如今的青藏公路上了！它叫 109 国道。”

慕生忠这个名字，对青藏高原的人来说，无论长者少年，不知道的恐怕不多。因为新中国成立初期，国家没有规划要从青海往西藏修公路，他就带领人马修了青藏公路，打通了世界屋脊通往内地的一条通道。慕生忠将军干了一件载入史册的大事。此刻索南达杰看到了将军当年修的一段被遗弃了的旧道，心里怎么能平静呢？他兴致勃勃地对同志们说：“现在我们正走在可可西里，我就给你们讲讲当年将军在可可西里修路的故事吧！”

慕生忠将军是 1951 年随进藏大军到拉萨的。他们的队伍从兰州出发，要步行跋涉近 3000 公里，耗去三个多月的时间，才能到西藏。一路上遇到的雪山、冰河、沼泽、戈壁不知有多少。那种艰辛、危险是今天的人们难以想象的。即使有跨千山万水之难，三万解放军还是跋涉到了拉萨，和平解放了西藏。谁知脚跟还没有完全站稳，就遇到了麻烦事，断粮！西藏上层的少数反动头人极力抵制解放军和驻藏的中央政府办事处，不给保障供应。八廓街上反动头人的管家得意忘形地吆喝着：一斤面粉换一斤银子，一个银圆买八斤牛粪（西藏的主要燃料）。不能让他们的预谋得逞，解放军必须稳稳地、牢固地在西藏待下去，因为苦难的藏族同胞需要他们。上级决定成立西藏运输总队，从内地给西藏运粮。慕生忠任总队政委。这样，他就又回到兰州筹粮，买骆驼、牦牛、骡子。随后第二次踏上了进藏的漫漫征途。如果加上他从拉萨返回兰州那一趟，慕生忠就是三次步行走西藏了。三次用一双脚板丈量进藏的长路、险路，这在一个人的一生中是绝无仅有的事情，生死之旅！走过来了，胜利了，就值得骄傲，永生铭记。

索南达杰从回忆中走出来，对同志们说："将军当年吃的苦头、经历的艰险只有他自己知道，刻骨铭心一辈子。正是在反反复复步行西藏的生死旅途之中，将军产生了修一条公路的想法，修一条进藏的路！从内地进西藏没有公路不行。没有公路，西藏和内地就隔着一个跨越不过的世纪！没有公路，受尽磨难的藏族同胞就永远也走不出苦海。路有多长，爱才有多远！修路，他下定决心要修路。可是这个想法太大胆了，修一条跨越世界屋脊的公路，难道是你慕生忠就可以决定得了的事吗？"

索南达杰望着围在他身边静心倾听的同志们，又摸了摸干裂的嘴唇，继续讲下去……

慕生忠修路的想法自然会得到进藏部队领导张国华等人的大力支持。但是这都不是最重要的，关键的问题是要拿到国家批准的红头文件，没有这个程序一切都无从说起。正是为了得到这个尚方宝剑，慕生忠坚定地走了一条曲折的路，他坚信太阳总会从东方升起，阳光必然会温暖西藏，他下定决心要走到天亮。慕生忠上北京了，找到交通部有关部门详细地汇报了他们准备修路的想法，听汇报的人当然会被这位老同志主动请缨和坚韧不拔的精神深深感动，但是他们不得不如实地告诉慕生忠，现在国家已经筹划修康藏公路，至于什么时候修青藏公路还没有考虑，来不及考虑。国家刚解放，百废待举，经济力量有限呀！慕生忠一听要修康藏公路，就谈了自己的想法：从四川进藏的路太艰险，很难修成，修成了也不会畅通。将军讲这番话绝非信口开河，为了给西藏修一条公路，这次出藏他专程走了一回川藏线，那路太险了，傍山险道，傍水险道，实在太险了。交通部的同志听罢笑答，在那里修路是国家决定了的事，我们无法更改，你也不能更改！至于修青藏公路的事，我们只能给领导汇报。

索南达杰停下了他的讲述，他是为将军的宏愿不能实现而惋惜吧！大家问："难道他们就这么把将军打发了吗？"

索南达杰说："不，将军是个一不做二不休的硬汉子，他想做的事不会就此罢休。他还会往前走，他经常对人说，人要学会转变思路，东方不亮西方亮，世上没有绝对的死路。"

慕生忠出了交通部的门就去找彭老总，彭德怀。那是国防部长呀，慕生忠能轻易见到吗？可以，他是彭老总的老部下，太熟悉了。这位彭老总，别人提起他腿肚子都打战，那是对他不了解，其实他平易近人，很随和。很快，慕生忠就到了彭老总的办公室。彭老总很耐心地听了他讲的前前后后的想法和实施这些想法的经过，说：你慕生忠坚持修青藏公路有道理，人家暂时不主张修路也没错。但这路还得修，怎么办？这样吧，你写个报告，我去找周总理。他们可以不听你的，也可以不听我的，周总理的话他们总得听吧！慕生忠感动了，也服了。还是老总有办法，找周总理，一定能成功！当时西藏驻军的领导人张国华和范明正好在北京开会，慕生忠立马就找到他们，连夜商量写了报告。次日就呈给了彭老总。老总说，你等消息吧，我们都等着吧。成功与否，咱们听总理一句话。老总还说，总理办事快，马上就会有结果的。这，慕生忠相信。果然没出三天，报告就批了。总理批了 30 万元，让他们先修一条简易公路。彭老总当然知道这 30 万元很难修成青藏公路，他对慕生忠说，钱是少了点，可是能得到修路的准许权这已经很不容易了，能得这些钱也不容易，总可以动手修路了。这样吧，按你那天说的办，第一期工程先把路修到可可西里，后面的路，咱边走边看，再商量解决的办法。我就不信要给西藏人民办好事善事的人还会让困难给憋死！

索南达杰说，现在你们知道了吧，咱们这条青藏公路就是这么动手修起来的。没有慕生忠将军，青藏公路肯定会推迟好些年才会修。慕生忠将军硬是凭着对青藏人民一腔的深厚感情，带着部队和民工，开拔到世界屋脊开始修路的。至于修路过程中遇到的困难可以说那是空前绝后的，我三言两语是说不完的。大约三个月吧，他们逢山开道遇水架桥，一条很简陋的公路就修到了可可西里，说不定就是咱们现在站的这个地方。经费用完了，怎么办？他慕生忠没有别的招，还得去找彭老总。不过他见了彭老总尽量汇报修路取得的成绩，对于困难却只字不提。他不敢提呀，怕彭老总批评他，你慕生忠尽给我讲困难，要钱。倒是彭老总自己坐不住了，他说，我说慕生忠呀，你今天找我难道就是摆你们修路的成绩吗？我看不是吧！有话直说，别绕弯子。慕生忠说，我不是不好意思张口嘛，已经麻烦过首长了，怕为难您。彭老总替慕生忠把事情挑明了：你不就是要我掏腰包吗，要票子。好办，我给。你们修青藏公路这么大的事，怎么能难为你呢！慕生忠说，话你都替我说了，我就是来找首长要经费的。路刚修到可可西里，停工了。彭老总说，票子我给你，这回咱不找总理了，由军费里解决。你要多少，还有些什么困难，一起说，咱军队自己解决。慕生忠说，我们需要 200 万元，100 辆卡车，两个工兵团的兵力。彭老总说，好，批给你。钱由军费开支，人和物部队有的是。就这么办！后来慕生忠和他的队伍就不可战胜地把公路从可可西里修到了拉萨。这已经是 1954 年年底了。

索南达杰讲完了慕生忠的故事。

他抬头望着不远处现在的青藏公路，又低头看看脚下当年的旧公路，说：我们今天走在这条举世无双的青藏公路上，不要忘了慕生忠将军，不要忘了我们的前辈在修这条路时所经受的艰苦和磨难。人往往就是这样，有时不但读不懂别人，也读不懂自己。读不懂自己的人怎么能读懂别人呢？好些年前，我就听到有人讲过慕生忠修青藏公路的故事，他们说，你个慕生忠太有胆量了，国家不准备干的事，你居然硬要做，还修成了。虽然做成了，但承担了多大的风险呀！对我们一般人来说没有这个必要，做好自己分内的事就行了。我就不同意对将军的这种评价，阴阳怪气的，乍听好像是在赞扬将军，实际是在泼冷水，提倡人们都要各扫自己门前雪。我认为讲这种话的人，不懂得自己该做什么样的人，光芒四射的榜样站在他面前时，他仍然不让光芒照在自己身上，不明白该怎么做人。慕生忠是一个伟大的平凡人，他身上闪现出来的品质太值得我们每个人学习了。我们不是在做保护野生动物的工作吗？我就讲一个他和棕熊的故事，就是在把公路修到可可西里时，一天，几个修路工人逮住了一只小棕熊，如何处理这只熊，当时有两种意见，一种是宰了它，可以得到一张珍贵的皮张。另一种意见是放了它，让它回到山野自己的家。慕生忠知道了这件事后，做出了一个谁都没有想到的特别决定，留下棕熊，并好好养它。养熊？将军说出了自己的想法：青藏公路修通以后，我们要常驻格尔木，把格尔木建成青藏公路上美丽的城市。那时让棕熊进动物园，看见棕熊人们就会想起昔日之艰难，珍惜已经到手的好日子。大家都称赞将军这个富有远见的决定，留下了棕熊。大家在修路之余喂养它，逗它玩，给生活平添了一些乐趣。后来这只棕熊随将军到了格尔木，直到他离开青藏线，大家才放生让它回到了可可西里。

同事们听了索南达杰讲慕生忠修路的故事，还有那个保护棕熊的故事，心里涌满着激动。他们说，今天我们在可可西里为保护藏羚羊四处奔走，就是在当年将军开辟出来的路上继承将军的事业，再苦，也难比慕生忠将军的苦吧。走，赶路，我们肩头的任务重着哩！

可可西里很大，天阔高，路遥远。

他们的越野车跑得很快，越快车变得越小。

突然，一个陌生人从路旁横穿而来，拦车，张口就说："带上我进山吧！"

"什么人呢！连方向都不辨？这是出山的车。"索南达杰告诉他。

"那有什么，掉转头，送我一程不就行了！"听，这么大口气！他说着就要上车。

"我说你要干什么呀，讲不讲理！我们是要出山的。"索南达杰再次告诉他。

"你说我是干什么的，给你们送票子来了！收购你们的藏羚羊皮，刚从五道梁下车，就赶来进山。你们有多少皮张我全收，价钱好说。"

"好家伙，你算是撞到枪口上了！我们是专门收拾盗猎分子的巡山队。上车跟我们去公安局！”

那人撒腿就跑。

索南达杰让司机开车追去。跑，跑，看你还能上天入地，能跑到哪里？

汽车猛追，不信你两条腿能跑过车轮！

落网了！

四

这晚，索南达杰带领的巡山队赶到曲麻河乡政府过夜。这是计划中的安排。在荒野里跑跑颠颠闯荡了多日，这才算有了一次踏踏实实的落脚回到家的感觉。乡上的同志用近乎过年过节才有的热情和食物接待了巡山队，他们让出自己暖和的宿舍，拿出了平时舍不得吃的肉食。家就是家，一路上那种操心牵挂和担惊受怕，在走进乡政府大门的一瞬间，顿时消散。

索南达杰心有不安，他对乡上的同志说：“好吃的你们留着自己吃，你们辛辛苦苦也不容易。房子让出来就行了，我们确实累到了极限，就想痛痛快快地睡一觉，解解乏。这是实话。”

当晚，乡上的同志特地邀请索南达杰参加他们的年度工作总结表彰会。索南达杰答应了，但是他说：“我就不讲话了，刚到乡上啥情况都不了解，话讲不到点子上让同志们笑话，和大家见个面就行了。”乡长笑了笑说：“不讲话可以，那就唱支歌吧，最好是藏家情歌！”他知道索南达杰五音不全唱歌是个外行，是故意刺激要他讲话，还是想听他做指示。索南达杰笑笑，不置可否。

会议在一间说是会议室实则是顶多 20 来平方米的食堂里举行。索南达杰坐在主席台上，给他的主宾位他没坐，而是把凳子挪到了一旁，坐在了那里。其实就是一张桌子，两个凳子，怎么分个主次？索南达杰讲话，乡长宣布获奖的单位和个人名单，代表发言，等等。会议临到结束时，乡上的领导和参加会议的同志突然响起一阵掌声，强烈要求索南达杰唱歌。索南达杰当然看出这是乡长的“预谋”，不好再推辞了，便答应了一声好，就站起来。不过他有个条件：“我们大家一起唱。”同志们都笑了，这叫什么独唱？索南达杰起了个头：“下定决心，不怕牺牲，预备唱——”会场上数十个人齐声同唱：“下定决心，不怕牺牲，排除万难，去争取胜利……”食堂里的人唱，外面的人也和了起来。全是感情、意志和向往。连着唱了三遍。索南达杰说：“解渴，真解渴！满足了吧！这歌是永远不会过时的，我就喜欢唱。听别人唱不过瘾，就愿意自己唱。”

会开完，索南达杰正要起身离去，没想到这时人群中走过来一个人，端着酒杯，举杯对他说：“索书记，给你敬酒！”

索南达杰认识此人，他叫仁措，早些年就是全国劳动模范，现时在曲麻河乡工作。索南达杰伸手挡住了仁措的酒杯，说：“我是可以喝点酒的，但是现在不行。来这里之前，约法三章在先，不准喝酒，因为喝酒会误事。这酒就留着下次喝吧！”仁措连连说好，大家随之鼓掌。

曲麻河乡这一夜，索南达杰睡得浑身松畅，好个痛快！次日清晨上路前，他对乡上的同志说：“你们工作很辛苦，这我们都知道。希望你们再努力一把，把工作做得更好。这个地方乱开矿现象十分严重，乱杀藏羚羊的盗猎分子也很猖狂，你们要严防死守，必要时就采取强硬措施，保护草原，保护资源，保护野生动物！”

他们走出乡政府没有多远，就看到沿路的草原被淘金人破坏得满目疮痍。到处是刨出的沟壑，到处是堆起的土丘。索南达杰停车观察，走走，停停，看看，这样多次往复。他一脸凝重的痛苦，不说一句话。

不远处的草滩上有放牧的牧民，他上前与其搭话，了解情况。那牧民说：“前两年这里不知从什么地方一下子涌来了近万人的民工，挖金子，刨银子，遍地是蜂窝一样的窟窿眼。依我看，他们倒是没有弄到多少金子，硬是让这些贪财的人把我们的家园糟蹋成了这个样子。这里可是格萨尔王封赏妃子的地方呀，眼看着让这些挨刀子的败家子作践成这样儿，心疼呀！你们公家人可得管管他们了！”

索南达杰问：“那些挖金子的人现在到哪儿去了？”

牧民说：“挪地方了，有的接着挖金子，有的去打藏羚羊。到处作孽呀！”

这时又围上来几个牧民，他们当着在他们看来可能是最高官员的面，七嘴八舌地痛斥着挖金人的罪恶行径，“真该管管这些没有人性的东西了，草原毁了，我们跟着他们会受罪的！”“政府不管他们，我们老百姓只能眼睁睁地看着他们胡作非为！”

索南达杰对牧民承诺说：“要管的！政府一定要管的！我们这几个人就是代表政府来保卫可可西里的，当然光靠我们还是不行的，势单力薄，搞破坏的人就容易钻空子。咱们大家拧成一股劲，管好草原，让草原永远是美丽的家园。管好矿藏，让矿藏少受损失！”

随后索南达杰又对同行的人说：“都看见了吧，老百姓最痛恨那些在草原上乱采私挖、猎杀野生动物的人。把草原毁了，就等于把他们的家园毁了。我们的责任就是要让牧民们过上安宁日子！”

汽车又开始飞驰起来了。

索南达杰的目光一直投向车窗外，他好像在寻找什么，又似乎在深思。干涸荒芜的草滩上时不时有一簇簇叫不上名字的高原小草从沙砾之间弹跳出来，向这些过路人张扬着顽强的生命力。左右的雪峰也许受了这不屈的植被鼓舞，也不甘示弱地挺立着坚实的脊梁。许久，索南达杰才把目光收回，思绪也从沉思中拔出来，他对身边的一位同事说：“我刚才想到了我的奶奶，她老人家前些日子病了，挺重的，怕是挨不过多少日子了。我很想念她！”同事不知道为什么这时候书记要说起奶奶的话题，可又不便细问，只是静静地听他讲。索南达杰接着说：“老人家已经78岁了，我出发前特地看望她，她对我说，孩子，把你这一脸胡子刮干净再去可可西里，不要像个犯人！可可西里是个干净的地方！我一直琢磨着奶奶的这句话，她为什么要说可可西里是个干净的地方呢？现在好像有点明白了，我们今天去查那些乱挖乱杀的犯罪分子，不就是要保持可可西里干干净净的本色吗？奶奶大字不识一个，可是她懂得她孙子要干的事情是很重要的！我听了奶奶的话，刮了胡子，才来到可可西里的。这些天我只要一有空闲，就会想起奶奶，想起她说过的这句话。好像她老人家就在我身边。思念亲人也是我干工作的一种动力呀！”

索南达杰的一席话，把同行人的思念都牵动起来了，牵到这位没有见过面的老奶奶身上，牵到了所有关注可可西里的亲人身上。是的，他们并不孤单，身后站着许多人，认识的和不认识的人！

汽车奔驰着，箭镞一般。

他们要赶往库赛湖。昨晚索南达杰去访问一户牧民，从牧民那里得到可靠消息，有一伙盗猎者在库赛湖活动，气焰很是嚣张。还时不时出来到放牧点上买青稞面。那是买吗？扔下几个臭钱，不管牧民愿不愿意卖给他们，掂上青稞面就走。牧民称这些人为“野人”。索南达杰听了很是生气，一夜都没睡好。看着吧，非痛痛快快地治治这帮人不可！

车速很快，索南达杰还让司机加速。寒风在快速行驰中变本加厉地暴吼起来，拍打着吉普车的车篷，还有车窗玻璃。

忽然，几声枪响从辽阔的草原上空划过，那声音犹如蠕动的巨蛇，从高而低从远而近地传到索南达杰的耳中。怪了？他怎么看到了那枪声就像盘旋的蛇一样滑过来了！索南达杰马上明白了，对同事们说：“这是从库赛湖传来的枪声，我们准备战斗！”说着他拿出地图铺开，看起来。他又一次对司机说：“直奔库赛湖，快，越快越好！”

汽车疾飞。车的飞速移动使人感到那蓝蓝的天、高高的山，还有辽阔的草原都仿佛跟着一起移动。倏地，在汽车引擎的轰鸣声中掺进了一阵突突突的拖拉机的声音。突突声越来越近，刺耳。书记知道有情况了，他对司机说：“放慢车速，不要惊动对方。”同时他叫两个同事下车绕行至一侧一个陡坡下埋伏起来，对拖拉机形成包围状。

拖拉机越来越近了，开拖拉机的人不知道是有意还是装腔作势，他并不在意前来的汽车，仍若无其事地开车前行。索南达杰和同事们好像从天而降的神兵，突然站在那拖拉机前大吼一声：“停车，检查！”

拖拉机停下了，不得不停下。有三个人从拖拉机上走下来，战战兢兢地站在这些卫士面前。满满一拖拉机藏羚羊皮张，经查有367张，另外还从拖拉机上搜出了三支小口径步枪、700多发子弹。

“你们该知道吧！这叫犯法，这叫犯罪！枪、子弹，还有这些藏羚羊皮，完全可以把你们送上法庭！”

“局长，饶了我们吧，我们只是想挣两个填饱肚子的钱，不知道什么是犯法。饶了我们吧！”一个农民模样的人这样说。他们都喊政府的人“局长”，也不知哪来的规矩。其实另外两个人都是农民模样。

“老实交代，你们在这里有多少人非法猎杀藏羚羊？”

他们不得不老实交代，在距离不冻泉30公里的地方，大约有300个非法采金人员。因为他们没有采到金子，全都改为打猎，主要猎杀藏羚羊！那个地方就是库赛湖。300多人呀，啧啧！

没收了这批藏羚羊皮，他们赶往库赛湖。

索南达杰和他的工作组是在次日清晨才火急火燎地赶到了那乱采滥杀的大本营，一个无法无天的“世外桃源”！遍地是挖采金子的工具，满眼是脏兮兮的汽车及汽车零部件。黑压压的人群如蚂蚁般布在并不宽阔的地面上，他们在干什么，你搭眼一看根本无法确认。原来有的在用铁筛子滤金，有的举着明晃晃的刀子在宰杀藏羚羊，还有的正锣齐鼓不齐地甩着扑克牌。工作组很快就包围了这一帮人。也许他们在野天野地里放野惯了，并不把工作组放在眼里。包围？谁怕这个！这时一个身材魁梧的中年人手提一把铁锹，大摇大摆目中无人地走上来，在索南达杰面前止步，那铁爪似的粗手在大腿上一拍，举起铁锹就向索南达杰的头上砍去。错了！这野汉子大错特错了！索南达杰就那么容易让人收拾？别忘了他是条藏家汉子，头几年有一只野狼企图在他面前施耍野性，吃人，他一挥手就扭断了那狼的脖子，看谁厉害！这时，只见他身轻如燕地往旁边一躲，伸臂一挡，野汉的铁锹就咣当一声落了空。他又伸脚不偏不倚地撞到了野汉的腰眼上，踉跄一个趔趄，还好，野汉没倒下去，却服服帖帖地喊了一声“爷，你饶了我吧！”几乎同时，工作组的另一位同事一个箭步上前，掏出枪狠狠地顶在了那野汉的胸口。他方才没倒下此时却瘫在了地上，再不喊爷了，只是跪地求饶。其余的人站在一旁直吐舌头，瑟瑟地缩头缩脑。

这时从人群中走出来两个看起来比较年长一点的人，把那个吓瘫在地的汉子像提一个物件似的提起来，两人架着他往回拖，一边拖一边打那家伙，嘴里好像在骂道：“你他妈懂个屁，给你根针你就当椽使，枉披一张人皮！做错了事还不认错，孬种！”之后，这两个人像拖死狗似的将那野汉又拖至索南达杰身边，低头哈腰地说：

“您大人不计小人过，这个野种刚才吓着了您老人家，还请您原谅。这条死狗不懂得高低贵贱，我们会把他收拾得老老实实的！”

说着，这两个人就用脚踢着那野汉，还要提他的领口准备摔打，被索南达杰制止了：

“你们是在表演双簧吧！不必了。言归正传，你们猎杀了这么多藏羚羊，又乱开挖金矿，这是犯罪行为，你们说说怎么办？”

其中一个人忙解释道：“我们这些人都是一个村里的乡党，日子实在混不下去了，才来可可西里挖金找出路。没承想，金子不好挖，打猎也不好弄。可话又说回来，挖没挖到金子打没打着藏羚羊这是另一回事，没有办挖金手续实在不该。前几日我还说要去县上补办个挖金的手续，今天你就在这里给我们补办个手续吧，该补交的费用我们补交。”

这时，索南达杰已经听出点眉目了，便问：“你是这里的领头人吧！我可要郑重地告诉你，猎杀藏羚羊说到天上去也是犯法的，我们绝对不会给你办什么手续的。该罚就罚，该法办就法办！”

那人忙说：“我谈不上是领头人，是牵头让大家干活的。是呀是呀，我们就是吃了豹子胆也不敢打藏羚羊了！你就给我们补办个挖金手续吧！求求你了！就允许我们到红水沟、豹子沟挖金子吧！那里还有我们村里的30多个守窝人，我们再不去他们就要饿死了！谁没有个一大家子人，要吃要喝的，出门人顾的是家，难呀！把那30来个乡亲饿死了，他们的家里人还怎么活呀！你就给我们补办个手续吧！”

索南达杰被这两个人说得心软了，还酸酸地心疼起来。他对他们说：“既然你们愿意补办手续，我们就会同意你们进沟去挖金子。要早一点去办手续。但是有一点我要特别警告你们，绝对不能捕杀藏羚羊！我们今后要经常派人来监管、检查，谁杀藏羚羊谁犯法！”

这些人听了索南达杰的这番话，立即跪在了索南达杰面前。

索南达杰心酸得像醋浸泡过一样，连忙一一扶起这些跪在地上的人。

五

傍晚，汽车顶着夕阳，驶进了山间一块川地。几顶帐篷，炊烟缭绕，很是安静。

索南达杰停车，打听。方知这是个放牧点，七八户牧民。这里离他们原计划投宿的矿区还有50公里路，在这个根本没有正规公路的荒原上行车，50公里路最少也得耗去三四个小时。他们只好决定，临时在这个无名放牧点住一夜。也好，了解情况，难得的机会。索南达杰暗想。

这个放牧点住的大多是藏族牧民，稍远一点的坡上有个蒙古包，孤独，清冷。大概是各民族的生活习惯不同，蒙古族牧民才与藏族牧民保持一定的距离。索南达杰走进牧民中间，好客的牧人听说是县里来的人争着要留他们住在自己家里，包括那户蒙古包的主人也特地跑下来邀请他。就在大家争抢不息时，牧委会支书也闻讯赶来了，他二话不说拉起索南达杰的手就往他家里走。索南达杰对支书说："你先别着急，我刚到这里，让我喘口气，到时如果住你家，我会找上门的。"这时牧民们都不争抢了，异口同声地说："你就住支书家吧，那里有铺盖，干净，条件好。我们牧人家都是睡通铺。"索南达杰笑着说："我天生就是住通铺的命，从小睡通铺很习惯，已经改不过来了！"

对于支书的邀请索南达杰盛情难却，他便安排了几个队员住在支书家，自己选择了一位老牧人的帐篷去住。老牧人从他们走进放牧点那刻起就远远地站在那里，一直用期盼的眼神望着索南达杰，他能感觉出老人想叫他们去他家住却不好意思开口。他莫非有什么难言之隐？

"老人家，我到你家去住，欢迎吗？"

老人忙欠身说："好！好！"他嘴里虽然应承着，但从表情上能看出，他有些犹豫。毕竟在这个放牧点上他是最穷的一家。

老人叫强巴。妻子早些年去世了，留下了三个儿子由他抚养，小的当时才四岁。一家人生活得极为艰难，如果老人三天不外出干活挣钱，家里就揭不开锅了。

索南达杰进了帐篷就盘腿坐在地铺上，握着老人的手说："老人家，你吃苦了！等几个娃娃都长大成人了，你的负担就轻了。"

强巴老人避而不谈这个话题，很不好意思地说："真要委屈你了，家里没有像样的铺盖，连吃的都拿不出手啊！"

索南达杰说："你们祖祖辈辈睡通铺，我为什么就不能睡。盖什么被子都一样，你吃啥我也能吃啥，只要能填饱肚子就是好东西。"

"那怎么能一样呢，我们习惯了，吃糠咽菜也能打发日子，身体一样结实着。你们是公家人，费力劳心嘛！"

"老人家，你还不了解我，我也是在牧人的帐篷里长大的。我的父亲像你一样，也是个拿着牧鞭跑草原的人，我就是牧民的儿子！"

"噢，原来是一家人呀！"老人自言自语地说着。

索南达杰把被子让了让给老人盖好，说："今日天气有些变冷，你多盖些，别冻着。我常年在草原上奔波，练出来了，身体没问题！"

老人偷偷地流着眼泪，不语。

索南达杰静静地躺着，思绪万千。

好久好久地沉默着，可可西里的夜空好静，也漫长！

这夜，大约在一觉睡醒后，强巴老人轻轻捅了捅索南达杰，说："我有话要对你说！"

其实索南达杰一直就没睡着，他说："老人家，我早就看出你的心里憋着话，太憋屈了，说出来吧！"

老人终于和盘托出："我们这个放牧点是收购藏羚羊皮子的地点。"

索南达杰忙问："怎么个收购法，谁来收购？"

强巴老人说："每月初一、十五，总有三个人开着汽车来收购，是外乡人，从早到晚附近的牧民还有开矿的人都来这里卖羊皮。"

"卖羊皮子的人多吗？"

"说不好，多是些淘金的外地农村人。"

"一张羊皮子卖多少钱？"

"不砍价，一律200元一张羊皮子。"

"为什么要把收购点选在你们这儿呢？"

强巴不吭声了。

索南达杰有预感，老人必有难言之隐。他没有就这个话追问下去，岔开话题，小心翼翼地问了一句："您老人家卖过皮子吗？"

"卖过。那是小儿子打了三只羊，卖了600元。我狠狠地教训了他半天，告诉他杀生是犯罪的。公家迟早会管你们这些罪人的。小儿子从此再没有打过一次藏羚羊。"

他们又聊了些别的话题。两人的心靠得又近了一些。索南达杰旁敲侧击地打问了一句："你们这个牧委会支书还好吧？"

强巴又不言声了。

索南达杰这回追问："支书卖羊皮子吗？"

老人一语道出："那些收藏羚羊皮的人就是他领进来的。他们是一伙的！"

……

半个月后。

索南达杰精心部署了一次围剿非法猎杀藏羚羊犯罪分子的歼灭战。这天是犯罪分子约定的收购藏羚羊皮张的日子，巡山队员早就埋伏在放牧点周围。就在那三个外乡人正贪心付钱收购之时，巡山队员一围而上，逮了个正着。

索南达杰没有亲临那次围剿，不过他留了话：强巴老人是保护藏羚羊的功臣，我们到时给他戴红花，宣扬他的事迹。

只是，索南达杰没有等到这一天他就永远地走了。他说这话时离他告别这个世界还不到一个月时间……

六

1994 年 1 月。

寒凝大地。干涸的河床记录着水的流向，山巅的积雪傲视着天空孤高的苍鹰。在中国西部的可可西里，这个季节照样风狂雪猛，春天还蛰伏在永冻层下长眠不醒。冷风吹开了谁的内心？这时一个几乎所有藏羚羊都熟悉、所有盗猎分子都仇恨的身影，走在给他以爱、给他以恨、给他以深冬广阔的荒原上。他沐浴着青藏大地的阳光，一双眼睛明亮而暖意。那双大头毛皮鞋踏雪的声音那么敦实、悠长！可可西里又一个虽然偏僻却不安静的黎明，从他的瞳仁里浮出。

索南达杰。

这是他第 12 次到可可西里，也是他人生最后一次来到这个令他魂牵梦绕的地方。

他要去的具体地点是青海省与新疆交界处的巍峨雪山和布喀达坂峰。他们得到可靠消息，在那里有一伙犯罪分子正在肆无忌惮地疯狂屠杀藏羚羊。他们必须立即去抓捕。索南达杰是在格尔木得到这个消息的。西部工作委员会就设在格尔木。当时他带领巡山队刚从可可西里巡山回来没多久，就接到了这个任务。原先准备休整的地方就这样变成了又开始踏上新征途的起点。

1 月 9 日，索南达杰带领哈希扎多、靳炎祖、韩伟林、才扎西、金杰等同志，连夜出发。一辆吉普车在前面开路，索南达杰和金杰轮流驾驶，卡车紧随其后。这个时节，新年假期刚过，人们还沉浸在过年的余兴里，放松。盗猎分子正是瞅准了这个对他们来说千载难逢的大好时机，疯狂犯罪。有多少鲜活的生命会被他们杀戮!

在奔往巍峨雪山和布喀达坂峰的路上，索南达杰他们都在和不时碰到的盗猎分子较量——1 月 10 日，他们看到几只慌张逃命的藏羚羊，他们以此为线索，在库赛湖边和豹子峡两地搜查到两个金窝子留守点。有十多个盗猎分子被他们发现。索南达杰责问他们:“你们还有良心吗？”经过耐心劝导，这些盗猎者离开了可可西里。

1 月 13 日到 15 日，他们在继续西进的途中，接二连三发现和捣毁了三个打着采金旗号的非法盗猎团伙，收缴了一批枪支弹药。索南达杰气愤地说：“我真不明白，这些人怎么就这么胆大妄为，他们到底是从哪儿弄来这么多的武器？”抓捕的人越多，缴获的武器数量越大，他的心情越是沉重。他对同志们说，我总觉得自己的生活一半在梦里，一半在现实。

这种百思不得其解的问题，他一路上不知要拷问自己多少次。遇到盗猎者他拷问自己，碰到惨死的藏羚羊他也要拷问自己。世界太大，丧尽天良的人太多，自己反而显得太渺小。他没有翅膀无法飞越挡在面前的这么多困惑。这些找不到答案或者虽然煞费苦心地找到了答案却难以解决的问题，使他看到了四周越来越多的黑暗。当然有时他也会看到黑暗处有一盏灯，他总是想法儿擦拭这盏灯，使它的光芒渐渐变大，照亮更多的地方。不能说他这样做没有效果，但实实在在地讲，效果不大。于是，更大的也是最无法解释也无法容忍的事情一桩接一桩，一次又一次地走近了他。索南达杰，这个藏家的硬汉并没灰心，他依旧朝前走着，用一汪一汪的英雄血，洗亮了可可西里的山峰。可不可以这样说，爱似阳光，恨则深藏？他索南达杰铁了心，个人力量再微弱，他也要献出来，人人都应该这样来奉献。可可西里的明天需要这份忠诚来铸就。是的，正是这样！

所有的不幸是从 1 月 16 日的午后开始的。

那天，可可西里的天空一点儿也不明亮，却也说不上混沌，半灰半明吧。只见一柱一柱、一片一片的不知从何处飘来的薄薄的黄沙，从地面腾起后飘得那么高，那么远，好像要在这个寂寞的天地里展现它的绮丽世界。可是那算什么绮丽？深黄色的风沙把本来安静的日子吹得摇摇晃晃，把本来纯洁的天空染得朦朦胧胧。正是这个闹心的时候，索南达杰和他的同事们来到了太阳湖边。这里是一片荒野，他们的车走得很慢，索南达杰一直让司机保持中速行驶。远远地他就看见迎面飘飘忽忽地移动着三辆汽车。渐近，才看清是两辆吉普车、一辆卡车。也许对方也在打探遇到了什么情况，他们的车速渐渐慢了下来。双方渐渐靠近着，索南达杰把手伸出窗外，喊着让对方停车接受检查。这一下惊扰了来车，他们不但没有停车，反而加速了。很快三辆车拐了个弯，企图从旁路逃溜。索南达杰鸣枪警告，来车不理，继续逃去。这时金杰等人持枪下车迎面拦截，才迫使那三辆车停驶。索南达杰大步流星地走到前面的那辆吉普车前查问。司机身穿皮夹克，留着小胡子，精瘦，个子却蛮高。他屈膝缩脑于驾驶室里，嘴里叼着烟。对于索南达杰的出现他并不在意，很傲慢，连眼皮都没抬一下，许久才从牙缝里挤出两个字：

“干吗？”

索南达杰的态度立刻严肃起来，厉声反问：“我要先问你是干什么的？”

小胡子不傻，他分明感觉到了不对劲，来者不善。他收敛了刚才的一些匪气与傲慢，用稍微缓和的口气说：“我们是从鲸鱼湖那儿过来的，本打算去新疆水晶矿打工，没想到有个弟兄突发疾病，想连夜把他送下山去。”

索南达杰抬头往车内一看，果然有个人闭着眼斜躺在后座上。但到底是真病还是装病就不好说了。这时小胡子拿出一支中华烟递给索南达杰，索南达杰推开他的手，取出自己的烟，点了一支吸起来。就在这当口儿，他发现小胡子在挪动屁股，好像要掩盖什么。索南达杰估计坐垫下定藏着什么东西，正要设法搜查时，只听后面有人惊恐地说了一声：“索书记，你快来看车上有藏羚羊皮！”

这一喊，那小胡子受了惊，欲回头看分晓，索南达杰乘此机会，扔掉手中刚点着的烟，猛地一伸手抓住小胡子的方向盘，另一只手敏捷地从他的坐垫下搜出一支手枪来。他举枪怒斥小胡子：

“还有什么说的吗？下来！快下来！”

小胡子竟然玩起了幽默：“干吗呀干吗，都是一家的弟兄，抬头不见低头见，谁跟谁呀！”

索南达杰手里握着枪，死盯着小胡子：“干吗？要你投降，要你认罪！你说干吗！”

与此同时，别的巡山队员已经将抓捕到的其他几个盗猎分子，押着集中到卡车旁边待命。索南达杰把小胡子也押入这个行列里。那些盗猎者全蹲在地上，一个个耷拉着脑袋，败叶一般。索南达杰指着车上的藏羚羊皮，怒斥这些人：

“你们看看，你们做的这些坏事，活蹦乱跳的鲜活的生命让你们杀了！这是犯罪，罪不可饶！”

继续搜查。他们从三台车上共查出半自动步枪 1 支，子弹 4000 余发；小口径步枪 3 支，子弹 6000 余发；其他非法枪支 21 支。大卡车上装载的藏羚羊皮有 1300 多张。铁证！罪证！ 18 名盗猎分子无力抵赖，无法抵赖，他们只能认罪。索南达杰见一盗猎分子浑身如筛糠般颤抖着，便过去厉声追问：“你们还有同伙吗？”那人哆嗦得更厉害了，赶紧交代，他们这个团伙一共 20 个人，其他两个人和车在后面。

果然，又听到了汽车马达声。随之就见一辆破吉普车和一辆卡车摇摇晃晃地从远处的草尖上开了过来。显然开车的人发现这里有了异常情况，赶忙掉转车头，企图从旁边冲刺过去。索南达杰操起一支步枪，跳上自己的吉普车追击而去，鸣枪警告。那辆车仍然不停，横冲直撞地行驶着。索南达杰便向逃跑的卡车射击，轮胎中弹，被迫停车。司机腿部也中弹受伤。跑在前面的吉普车也只好停下来。索南达杰查缴了这两辆车上的枪支弹药。

所有的盗猎分子拢在了一起，正好是 20 人。

20 名犯罪嫌疑人抱头弓腰地蹲在一起。

索南达杰在旁边悄悄地召集其他人开会，安排下一步的行动。

他斩钉截铁地决定：

20名盗猎者中有一伤一病两个人，虽然他们是犯罪嫌疑人，但我们还是有责任帮助治病医伤。从现有的车辆中挑出一台车况较好的车，派一名熟悉路线的队员，先把这两个盗猎分子伤病员，赶快送到格尔木医院治疗。其余的人随后押车返回。“各有分工，各负其责。提高警惕，安全第一。”这是索南达杰反复向大家交代的一句话。

索南达杰离开格尔木时，西部工委办公室有交代，如果他们20日还没有返回，工委便会派人去接应。因为当时巡山队与格尔木不通电话，只能这样提前约定。

约定的20日还没来到，在17日那天紧张的战斗就打响了。我们不要忘记索南达杰同志是18日壮烈牺牲的。

清晨，可可西里从梦中惊醒。

这伙已经落网的盗猎分子由小胡子带领着，围着刚刚睡醒的索南达杰，一个个死乞白赖地装着可怜相求饶。当然是小胡子先开口了：“索书记，我们认错，我们认罪，闯下了大祸，犯了法，心里确实很难过。上面的政策不是说以教育为主吗？请您给我们一个改过自新的机会吧！原本我们以为无人区山上的野兽无人管，随便打，现在知道自己犯罪了。我们的羊皮子你们已经没收拿走了，就放我们回家吧！”另一个盗猎者的眼里还挤出了泪水，哭诉起来：“索书记，我们都是农村人，一头的玉米花子，是为了糊口才跑到这个荒地来冒险拼命。出来都快半年了，无法跟家里人联系。钱没挣到还蹲了监狱，扔下老少一家人怎么生活呀！你就放了我们吧！”他们几乎每个人都这样诉说着……

索南达杰听着，好几次都想插嘴，可是不知该说些什么才好。他为难起来了吗？人呀，从一颗心到另一颗心，究竟要走多远？有时候你想靠近对方或已经靠近了对方，但是你仍然没有走进他们的心。不能总是用人心隔肚皮这样的话来敷衍所有的事情，毕竟人是不能绝缘的。索南达杰竟然被这些话打动了，谁没有妻儿老小？远在家乡的他们的二老妻儿有什么罪过？他面对眼前这些盗猎者，感情的那根软骨动了，也给他们讲了些心里话："你们只要老老实实低头认罪，不必想那么多了，要相信法律总会公正地审判。家里的人也会原谅你们的一时糊涂。"这既是说服教育他们要在罪行面前低头，又安慰他们要相信政府的秉公执法。可谓仁至义尽，推心置腹吧！索南达杰总觉得他们当中绝大多数是法盲，好人干了坏事。拉一把他们就过来了，推一把他们就过去了。

谁要说索南达杰失去了应有的警惕性，那就错了。你看他的工作做得多么细致有序：盗猎分子集中到一辆卡车上，将所有的枪支弹药都集中到一辆吉普车上，枪都卸了枪栓。缴获的藏羚羊皮装上了另一辆卡车。之后，他前前后后检查了两遍，认为没有任何纰漏了，才宣布出发。金杰驾驶着小车在前面开路，索南达杰自己开着满载着藏羚羊皮的卡车殿后。5 辆大小车辆逶迤地向青藏公路驶去，最终目的地：格尔木。

天下所有的人都会为自己的行为设计各自的轨迹。毕竟还是人心隔肚皮，要揣摩到对方的心，不是一件容易的事。黑脸膛的人大概永远都不会舍去自己的本色吧。又是那个小胡子，他蜷缩在卡车上，但他一脸阴险的诡相始终半隐半露在眉宇间。窃窃私语，交头接耳。车速很快，索南达杰不知道，就连押解着他们的队员也未觉察到。正是在这种不知不觉中，一个险恶的阴谋在冽风吹拂的车厢里形成了。可可西里的整个冬天，放羊人穿着一件皮袄。袄有多厚，冷就有多深。

汽车依然颠颠簸簸地行驶在风雪荒野上。

一座大雪峰直陡陡地站立面前，阻挡了车队的去路。有两辆车陷入雪坑爬不出来，大家都下车推车，包括盗猎分子。小胡子终于有了施展诡计的空隙，他掏出深藏在衣内的锋利的匕首，转悠到一辆卡车后面，在轮胎上猛扎几刀。那车正是索南达杰开的那辆。

事情已经过了十多个春秋，我们现在能清醒地总结教训了。索南达杰他们并不是无懈可击，比如为什么就没有严密地看守住小胡子？再比如为什么没有查出他身上藏匿的那把刀？也许是这样吧：是无边的荒凉覆盖了月亮下的麦田和躲藏着的野狼。善良的人们这时会有些醉意。是这样吗？

月亮终于隐退了，狞笑也消失。夜并不宁静。

第二天，这是人们难忘的 1994 年 1 月 18 日，也是可可西里历史上滴血的日子。

这天下午，他们的汽车行驶到一个叫资藏沟的地方时，索南达杰开的卡车的后轮胎突然爆裂。突然孕育在必然里。索南达杰不得不停车换轮胎。为了不耽误赶路，他让金杰他们押解犯罪嫌疑人先走，到前面选点做饭。金杰想了想，觉得撂下索南达杰一个人不大妥，便说："索书记，还是等你换好轮胎后我们一起走。"索南达杰说："不用了，你们先走吧，先去做饭。我们随后就跟上来。"大家确实饿了，肚子里需要填点东西了。

索南达杰一个人换着轮胎。这个藏家汉子有的是力气，浑身的劲。你瞧他一只大手抓起千斤顶的撬棒，三两下就把汽车支了起来。然后又很轻捷地卸下瘪了气的轮胎，手脚不停地搬来备用轮胎，快速装上。他惦记前面的车和人，换好轮胎没松劲就赶路了。

先走一步的金杰和同事们，迎着草原上落日的余晖缓缓前行，他们不敢放手开车，老是想着后面的索南达杰书记。天快黑了，把他一个人扔下总觉得有点放心不下。这样不快不慢地大约走了不到10里地，早就串通好的歹徒们开始闹事了。有一辆车是由他们的司机开的，那个开车的人叫老五，这时车上的歹徒突然提出饿了渴了，要停车做饭。老五停下了车，其他车也只好停了下来，歹徒们开始生火烧水。这当口儿，几个密谋好的歹徒端上冒着热气的茶缸，来到吉普车前，对金杰他们说："政府同志，这些天我们都看出来了，为了保护藏羚羊，你们也够辛苦了。我们烧好了开水，你们喝口热茶暖暖身子！"他们尽量把话说得很甜，听起来蛮入耳。

金杰下车了，随同下来的还有一个向导。他们确实又饥又渴，需要补养、休息。但是他们一时犯糊涂忘了平时不知道唱过多少遍的那句歌词："朋友来了有好酒，若是那豺狼来了，迎接它的有猎枪。"这说的是我们对待敌人，其实敌人对待我们也如此。哪有知热知冷关心我们的敌人？金杰糊涂了，确实糊涂了。他竟然接过了盗猎者递上来的茶缸，刚要喝时，几个歹徒乘机迅速冲上来，按住了金杰和向导，拧住胳膊，把两人打昏在地，慌忙用毛巾塞住了嘴。之后又用绳子捆绑起来。与此同时，其他歹徒也一哄而上把另外两个队员打昏，紧紧捆绑起手脚。这一伙穷凶极恶的盗猎歹徒，在小胡子这个大掌柜的精心策划和胁迫下，把反盗猎队的4个人，撂进了大卡车的车厢内。有一个队员在歹徒要堵他的嘴时，怒骂道："你们是在犯死罪！”话还没说完，一个歹徒就拿起刀子十分残忍地在他的脸上划了三处 X 形伤口，血立即从刀口上流了出来，冻在脸颊上。那个队员对着暴徒的脸喷出一口血，暴徒的脸上立即留下一摊血迹。“你们等着人民的审判吧！”那暴徒拿起刀本想再行报复，听到这声怒吼，手抖了几下，没敢动。暴徒在车上找到了他们的枪支和子弹，躲在汽车后面，等待索南达杰的到来。

索南达杰火急火燎赶上了车队。他是否发现或预感到前车发生的变故，这已经是永远无法考证的悬而未决的问题了。只见他高速行车到达以后，还没容他把车完全停稳当，眼前的三辆车就一字摆开，这时都亮起了车灯，拦挡在他的前面。浑身乏困的索南达杰的双眼被车灯刺得看不清任何情况。不妙！出事了！他立即跳下车，抽出手枪，推上子弹，勇敢地迎了上去。

夜色结结实实地占据着所有空间，气氛很压抑。

这时，一个黑脸大汉走过来问索南达杰：“你的车修好了吗？”

索南达杰没有回答，厉声问道：“你是干什么的？”

那大汉弓腰老虾般扑上来，死死地抱住了索南达杰的后腰。索南达杰当然不吃这一套，他用尽平生之力，猛劲抽身一闪，将那大汉摔倒在地，随手就结结实实地给了一枪，击中暴徒。还没等索南达杰转过身来，隐藏在车后面的另外几个暴徒，从不同的方向向索南达杰连连开枪。子弹在他的头顶呼啸而过。索南达杰当机立断还击，只听惨叫一声，又击中了一个暴徒。另一个暴徒举枪瞄准了索南达杰，他身体一闪，飞步上前打掉了暴徒手中的枪。此刻，一颗子弹从后面击中了索南达杰的臀部。他感到麻痛，强忍伤痛，从卡车的右侧挪步到左侧，继续还击。虽未击中暴徒，但暴徒不得不抱头躲窜。毕竟他身上中弹，终于倒在地上……

索南达杰虽然已经倒在了血泊中，但他没有忘记战斗。他侧身取下枪上的空弹夹，换上了新的实弹夹。从他吃力而迟缓的动作可以看出，他是忍受着多么剧烈的伤痛呀！他怒睁双眼，死死地盯着前方。至于前方有没有暴徒，他已经看不清楚了。他的手一直没有离开扳机，但他已经无力扣动扳机了。一个暴徒蹑手蹑脚地靠近了索南达杰，他企图行凶。但是当他看见索南达杰仍然握着枪一副射击的姿势，吓得惨叫一声，溜跑了！这时小胡子魂不附体地喊道：“快撤！”

他们连滚带爬地上了 4 辆汽车，仓皇逃遁。

……

1 月 20 日的日历已经翻过，西部工委的同志还没有得到索南达杰的任何消息。他们立即与武警部队取得联系，从治多县、曲麻莱县和格尔木分头出发寻找。

8 天后的这天中午，他们在一片荒草丛生的乱石滩上找到了索南达杰的遗体。这位英雄犹如冰雕般半卧在吉普车旁，他的皮大衣摊开着，仿佛两只准备起飞的翅膀。他的右手依然持枪，左手已经摸出了一颗子弹。可以推知，在他倒下之前正准备装上子弹射击，未果。还是那双愤怒的眼睛，瞳仁虽已熄灭，但眼眶怒放着逼人的气势！分明在瞄准敌人……

同志们把他的骨灰撒在了昆仑山上。

就在撒下他骨灰的地方，耸立着索南达杰纪念雕像。他那坚毅的面容透着不可侵犯的豪胆傲气！不论春夏秋冬，雕像上总是献满哈达……

许多瞻仰索南达杰雕像的人，在这位横眉冷对的英雄面前，总会不由自主地想到可可西里历史上那个滴血的日子。藏羚羊的血，为保护藏羚羊肝胆涂地的忠诚卫士的血！这血是黑夜中亮起的火光，历史有多么深刻，它就有多么深刻。

记住这血色，记住这火光！

为什么可可西里没有琴声

——一个志愿者的爱情手记

我得到志愿者的一本手记

阳光照耀的每一天志愿者都准备着冷雪的袭击／山脊上有一堆没有土的坟丘／索南达杰的日记成了他们的座右铭／南武与女朋友因可可西里而分道扬镳／真爱和假爱都撕肝裂肺地折磨着人。

已经是十年前的事了。

那时候，“志愿者”这个词是刚刚在社会生活中露出嫩芽的新鲜事物，它对众多的人还是十分陌生的。我因为到了遥远的可可西里，就和志愿者有过三次今生都值得珍惜的接触。我心悦诚服地称这些踏上青藏高原漫漫征途的无畏者是神圣的勇士。我知道正是可可西里一沓一沓让藏羚羊惊慌逃窜的枪声，把这些抱负在胸的热心青年召唤到那块沉睡中被乱箭穿醒的地方。在那里，季节深处的寒风正把最后一点热气吹冷。动物世界的一场灭顶之灾使千年的冻土层发出断裂的声音。草枝拔节的声音很小很小，羊皮撕开的声音很大很大。给人整个的感觉是可可西里的太阳即将熄灭，黑夜已爬上雪山的额顶。

志愿者是去拯救可可西里的。

我尤其崇拜那位首先只身闯进可可西里自费建立自然保护站的杨欣，他是志愿者的先行者。正是他勇敢地站在世界屋脊上向国人大声疾呼，珍惜国宝，保护藏羚羊。随着他声嘶力竭的呼唤，许多人的目光才投向了陌生的可可西里。我是冲着杨欣专程踏进可可西里的。遗憾的是，我到杨欣保护站那天未见到他本人，留守的两名志愿者告诉我，他回成都为保护站筹措资金去了。我在那间被称为保护站实则是卧室兼展室的小屋里连脚步也不忍心放开地参观着，墙上贴了不少有关藏羚羊的挂图或照片。杨欣创作的两本著作《长江源》和《长江魂》很寂寞地放在一张简易小桌上。保护站是杨欣他们自发建立起来的民间机构，经费来源靠大家的爱心捐赠和卖这两本书的小钱来维持。两本书？我当然相信会有不少人出于善良的愿望很大度地买下它，但即使再有两本书可卖，这点书款毕竟与一个保护站所需要的开销相差甚远。我从北京出发时就特意带着这两本书，我放下两本书的书款，仍然拿走了书。不知为什么我绝对不敢放下超过两本书定价的钱，或者只掏钱不要书，我总觉得这样做是太轻看真诚的杨欣他们了。这一点微薄得再也无法微薄的心意，并没有使我得以安慰，反而更有一番酸楚在心头。我只能在心里祈祷杨欣和他的同事们无灾无难地在可可西里干他们钟爱的事业。

站在出现在可可西里的第一个简陋的自然保护站前，我突然想到一个我一直不屑一顾的问题：有些人认为杨欣他们来到可可西里是出风头，为了镀金。这些同志呀，你们把人看得太低俗了，为了镀金捞什么资本的人，绝对不会跑到这片荒凉的地方打发日子。社区角落里的垃圾等着有人清除；城镇一隅福利院的孤寡老人需要人们关爱；繁忙的十字街口的那些迷途者期待伸手搀扶的手臂……这些地方戴着红丝带的志愿者是多么惹人上眼！事实却是，另有一些人偏偏“不识时务”地到了可可西里，而且是自觉自愿，甘于寂寞。在这里当志愿者肯定是另一种选择，另一种滋味。抬头看到的是无边荒原，低头瞅见的是荒原无边。凄凉的寒风无论冬夏无论昼夜都不厌其烦地在你耳边鼓噪，不听也得听，听了还得听。你既然选择了可可西里，就从一个远离生活的旁观者，瞬间责无旁贷地变成把生命时刻攥在手里稍一松动就会丢失的参与者。自己的生命，还有藏羚羊的生命。可可西里的志愿者必须随时准备着经历风险，在太阳照耀的每一天都要准备着冷雪的突然袭击。他们在这个陌生的世界里，遇到的考验很可能是一生都不曾见过的。可可西里的原野肯定迷人，可可西里的生死考验也肯定会让你懂得彻骨之冷。

世上的事情往往就是这样，越是看来让人难以生存的多灾多难的土地上，就越是能生长出抗霜顶寒的壮苗儿。果真如此！

我在这儿记述可可西里志愿者生存情况时，心房的四壁无一例外地透着寒风。一顶轻便的行军帐篷就是他们的家，帐篷一般都撑在靠近水的地方——不是河，而是湖，小小的湖。严格地说是水池，死水。但那是咸水湖，无法饮用，只可以洗洗涮涮。洗涮久了，手也被侵蚀得发白变干。吃的水要靠送水车从几十里外的不冻泉一周送一次。同时送来的还有米、蔬菜，菜多是半冻半蔫的脱水菜。帐篷的地铺上很不规则地摆着一条挨一条的米黄色睡袋，晚上人只需钻进去就可以睡觉，省去了展被子叠被子的那道似乎必不可少的程序。绝不是安眠，冰冷的睡袋总要用体温焐起码一个小时方能慢慢变热。如果碰上零下三十多摄氏度的奇寒，就是把浑身的热力全蹭出来，也未必能使冰凉如铁的睡袋热起来。半夜里，志愿者被冻醒了，身上的骨头似乎都冻萎缩了，小腿在抽筋，转圈地疼。喉咙干渴，头昏脑涨。抿口水当然会好些，可翻来覆去还是睡不着。怪了耶！白天累得人身上像少了元气，为什么夜里却不能入睡？噢，高山反应在折磨你！帐篷顶上的天窗里含着夜空明晶透亮的星星，那星星正挤兑这些睡不着觉的人哩！好像在说，干吗呢，大老远地跑到可可西里来受这份罪，吃饱了撑的？

星星哪知志愿者的心！

几乎每顶帐篷上都写着这样一句话：不到可可西里非好汉！

谁能说他们不是好汉呢！

我总是这样对人说，要在可可西里做一个称职的志愿者，仅仅拥有天空并不真实，仅仅拥有大地也不完整。你只是脚踏实地地在生活中享受到天地之间的阳光抚摸，同时还要看到阳光抚平藏羚羊身上的枪伤，你才是一个真正的大地的儿子。然而，可可西里的阳光却异常吝啬，藏羚羊都战战兢兢地在阴霾的角落里躲着。你常常会看到山脊上有一堆堆没有土的坟丘，那就是藏羚羊的骨骸。就冲着要让这些坟丘减少甚至消失，志愿者也要义无反顾地吞咽下所有不曾料到的艰辛和险恶。

有一个志愿者告诉我，他第一次走进可可西里，越走越深，走进了一个没有一点声响的世界，寂寞得仿佛身居大峡谷的底部。他说他突然间陷进了一阵巨大的孤独中，真的好新鲜。他把这种感觉说成幸福，说他真的享受到了别人难以享受到的幸福。幸福？我真的不理解，为什么要说这是幸福呢？当然，他最后告诉我了，这只是他最初的感觉，或者说是从来没有过的瞬间的好奇的感觉。后来，可可西里给这位志愿者的感觉是动荡、躁乱！他的耳膜也要被这种躁乱炸毁了的那种感觉。最初的新鲜烟消云散。

他的感觉是真实的。

遍地是藏羚羊惨叫着逃窜的声音。

这个志愿者叫南武，来自南方某城市。他说这名字是他到了可可西里后起的志愿者的名字。为什么要改名字呢？他回答得很含糊但精巧：别的志愿者也有改名字的，我改名与他们略有不同。我不便再追问下去。因为我隐隐约约地觉察出了，他有痛楚。

我在南武的笔记本上看到了这样一段文字：

“我们的生活绝对不是寻欢作乐，但是充满着爱意。我们的内心因为寂寞而异常幸福！”

下面画着两条粗粗的线。说实在的，我读这两句话时，总觉得很有味道。还有那幸福二字，这是我第二次从志愿者嘴里听到它。看来志愿者的幸福与我们常人理解的幸福含意并不完全一样，起码品味幸福的感觉不尽相同。我问南武：这是你自己的话吗？他说，不，是索南达杰日记上的话，我们都能背诵它。

索南达杰？为保护藏羚羊献身的勇士，是可可西里志愿者的精神领袖。我看到这位被高原风雪在脸上堆了一层微红的志愿者南武，在说到索南达杰时眼睛陡地放出光彩，眸子是那么纯净。谁能说在可可西里看不到一块干净的地方？这位志愿者的眼里映着一片湛蓝的天空。我想，这样的眼睛不但宁静而且饱满，它把太阳锁在里面，也把月亮锁在里面。我突然有一种找到幸福的感觉。瞧瞧，我也幸福起来了！

因为提到了索南达杰，我们的心靠近了，话角也密了。他内心最深处的话被索南达杰碰撞出来了。他说，他这次来可可西里，有失有得。得之切，失之痛。

我马上预感到他要说什么了。通往青藏高原的路照例要从阻力中走出来，这大概是每一个志愿者无一例外的相同经历。我问南武，是周围的人对你的行为不理解吧！他说，就一个人，我很在意的人。

他说的是他的未婚妻。他俩在同一所大学读书，就在他整装待发的头一天，女朋友出其不意地不说任何原因地改变了态度，生硬地告诉他，咱俩的缘分尽了，断弦吧！这弦字有说道，弦外有音。他俩都喜欢拉二胡，是宋飞的“粉丝”，两人就是在学校举行的一次联欢晚会上合奏了一曲梁祝，走到了一起。断弦？那一曲和谐的梁祝就这样断了？

西征在即，南武已经没有时间给女朋友解释了。他看出来了，这时的解释肯定是多余的。酷热一去，便是凉秋了。一个铁了心要更弦易辙的人，如是强按牛头让她回心转意，只能将那根弦绷断，连最后的希望也毁于一旦。既然留不住了，就让她走吧！南武是背着沉重的精神负担走进可可西里的。要说把他压垮了，那是夸张了女朋友此举的作用。要说他最终走出了这个精神羁绊，那也是高抬了他南武。可以说，他在可可西里一个多月的志愿者生活，没有一天不背着女朋友突然递来的这个“包袱”。沉重，苦闷，但他背着。

爱情这个东西就这么怪，既然曾经黏在一起，那就会一直黏着。对方越是要甩掉你，你反而越是不舍得被她甩掉！即使甩掉了，还想黏着，就这么怪。南武不会轻易丢掉这个“包袱”的。

他一直想不明白，这之前女朋友虽然对他参加志愿者不十分热心，倒也表示了理解，尊重他的选择。现在为什么连个序曲都没有就演出了正剧，发出了最后通牒？这使他不得不想起了这样一个细节：那天他第一次向女朋友吐露了要去可可西里的心事后，她悄声地问了一句：还能回来吗？当时他从这句柔声细语的问话里感受到的是爱意，便也悄声地回答她：有你的等待，我没有理由不回来。现在看来他是所答非所问。此刻他好像才有点悟彻，“表示理解”这个外交辞令里预示的季节，既有春天，也有冬天。而且冬天降临的机缘会多于春天。后来南武终于知道，这个孕育冬天的土壤竟然是他敬重的偶像索南达杰。女朋友原先虽然担心南武去可可西里的前程，但根本不知道世界上还有索南达杰这么个为保护藏羚羊英勇献身的英雄。她钦佩英雄，但是要让她嫁给这样的英雄，她就要慎重考虑了。如果南武也死在了可可西里，我不是守寡了吗？没有结婚的寡妇！这是女朋友的原话。

英雄能让人激情燃烧，奋进疾飞。英雄可以使黑夜裂开一道缝隙把光明带给渴求明天的人；同样，英雄也能让黑夜吼出几声暴雨前的炸雷，吓退胆小的人！

……

南武把思绪从沉沉的往事回忆中拔出。他看似不动声色，却被一种摆脱不掉的欲望缠绕着。他对我说，不提这些不愉快的事了，何必让自己凄凄惨惨地痛苦着呢。亲爱的太阳每天都是温暖地照耀着我们，每个人都应该好好地生活，快乐并希望着。天空总会放晴的，那时也许会泪流满面，但那不是伤心泪，而是喜悦泪。我这不是已经来到可可西里了吗？我可以在这里放开手脚干我喜欢干的事业，我天天都守着藏羚羊。藏羚羊，我的好宝宝。挺好，确实挺好！

谈话暂时中断。哨子响了，吃晚饭了。

当晚，在帐篷伙房里（此时晚饭已经吃完，炊事员工作完毕，空空的帐篷里好清静。今晚我的借宿处），我和南武继续交谈。弥漫在帐篷里那淡淡的挥之不去的油盐酱醋味，平日里肯定会让人头晕并伴随着微微的恶心，可是此刻使我感受到了温馨。这是可可西里特有的可心的滋味。那滋味仿佛发出一种轻微的声音，亲切地流动在我的四周，抚摸我的心扉。我暗自想，在中国恐怕很难再找到这样一个空寂、温暖的地方了。我接着白天的话题对南武说，你是挺好的，可以和藏羚羊生活在一起了，这是你日思夜盼的事情，能不好吗？但是我还是要直言不讳地问你一句：难道你就真的那么轻而易举地忘掉了女朋友？我要你掏出心窝里的话回答我。

他不语。久久地沉思着。我等待了足足有五六分钟，他才说：我不会忘记的。我们的感情已经很深了。她突然提出分手以后，我似乎才恍然醒悟，其实我们并不十分了解，我于她、她于我都不十分了解。说十分了解也许苛刻了一点，就是拿了结婚证成为夫妻，要说十分了解对方恐怕也未必。我说这话的意思当然不是泛指所有人，起码我对她的了解还欠把火候。尽管如此，我还是很难适应身边没有她的日子里那种说不清道不明的寂寞感觉。人大概就是这样，在你拥有的时候把一切到手的东西都看得很淡然，总觉得不就是那么回事嘛！可是一旦失去了，才懂得所有的拥有都应该加倍珍惜。她平时对我的使性子甚至出言讥讽我几句，这时我都想让她在我面前再重复一遍。分手后我真的好惦记她，这种惦念其实也是一种动力，是让我上可可西里的动力，上了可可西里又促使我做好自己想做的事情的动力。你想想，我如果不是挺立在可可西里，而是趴下甚至躺倒这不正好说明她的担心不是多余的吗？我当然知道索南达杰是我俩分手的具体因由，但我并不会因此而抱怨这位保护藏羚羊的英雄。相反，上山后我对索南达杰的感情有增无减。眼下和这之前，可可西里如果没有他这样的勇敢者站在荒天野地，天塌地陷的事情随时都会发生。藏羚羊遭到了毁灭性的灾难，可可西里还能称其为可可西里？在可可西里，索南达杰的形象无处不在，他是志愿者顶天立地的楷模，是藏羚羊的保护神。我崇敬他，特地把流传在我们志愿者中间的他那两句话写在了我的笔记本上。每次记录我在可可西里的经历和感想时，我都会情不自禁地默念一遍。

他说的索南达杰的那两句话，就是我在上面提到的那段文字下面画着两条粗线的话。

南武提到了他的笔记本，我很感兴趣，就问他：是日记本还是笔记本？他反问：日记和笔记有区别吗？我想了想，说，日记是写给自己看的，笔记恐怕就可以扩大一些阅读范围了。我知道我这样的回答并不十分准确，我只是想起个话头让他接着说下去。他听了却不以为然地说，雷锋的日记全世界有多少人都读到了！我说，那是个特例，特殊日记。他说，咱们不去争论日记笔记的区别了，那不是我们的事情。实话告诉你吧，我写的这些东西就我的本意讲，只准备给包括我在内的两个人看。我立马想到了他的女朋友，便紧追问了一句，你写的是爱情手记吧！他没有否认。稍停，只是说，我写了可可西里，写了藏羚羊。因为我是个志愿者。当然我在写这些内容时，无法回避我的情感世界。我的爱情与可可西里密不可分地关联着。

话题又回到沉重的气氛中了。

他抽出烟，点燃，狠劲地抽着。我已经知道了，他是来到可可西里才抽上烟的。他吐着烟圈，那圈圈久不散去，是要留住我和南武的这次难得的意外相遇吗？我终于按捺不住想读到他这本手记的急切心情，便直奔主题地问，能不能把你写这些只准备给两个人读的手记，再扩大一个读者呢？他马上明白了，用警惕又温暖的目光扫了我一下，说：你真的愿意读它？我说，那当然。没想到他答应得很痛快：就这么定了！

涌在我心间的兴奋是难以形容的。我绝对相信，我将读到的是一份围绕着可可西里围绕着藏羚羊，裸露感情世界的最真实的爱情的记录。在可可西里这个广袤的世界里，人们可以无遮无拦地表露自己的心秘。爱情这个东西最让人大伤感情了，真爱也罢，假爱也好，半真半假的爱也包括在内，都是最最叫人牵肠挂肚的。爱得真了，你会牵挂。假爱来了，你又要伤感。牵挂和伤感都会让人陷入难以自拔的孤独之中，都是撕心裂肺的折磨。就像坐在暗夜的角落一根接一根抽着烟，嘴边一亮一闪的那个寂寞的老人，他很凄婉地自言自语：这个女人呀，怎么这样对待我？

还是南武打破了这沉默，他说，咱们有缘在可可西里相识，就是朋友了。我信任你，才让你看我写的这些东西。咱不叫它日记也不叫笔记，就按你说的叫手记吧，这样随意也顺口。其实，我真的很想找一个人诉说憋在心里的话，可是找谁呢？可可西里有的是藏羚羊，却难得有个知心的人。你来了，作家，热情，比我知道的事情多，看得也深刻，咱们就是朋友。这手记你可以看，翻过来倒过去正反面都可以看。你看了我的这些手记也就等于我把一切都给你诉说了，我心里也就痛快了，不憋气了。当然，我也知道你会把这本手记还有你在可可西里得到的生活素材，进行你的文学创作。如何创作那是你的事，我不懂，也不会干涉。

我说，如果我把你的手记公布于众呢？

他说，可以。南武是我的化名，没人能查出有这个人的。

我有点得寸进尺了，再问，你的女朋友叫什么名字？

他很痛快地回答：吕艳红。

可以公开吗？

可以的。既然南武是化名，涉及的其他人，即使是真名，也可以认作是塑造的人物。

噢，你这么认为，有道理。别出心裁。哪三个字？

这就不必认真了，你跟音写去吧！谐音更好。

我就这样得到了南武的这些手记。说难吧，还真有些轻而易举。说容易嘛，好像也不尽然。下面就是他的手记，当然是经过了我的整理，除了稍做文字上的修饰外，还增添了我从他嘴里了解到的少量内容。另外，每节手记加了小标题，前面还提炼出几句内容提要。这样本来就很长的手记就又拉长了一些。当然，这些都是经过南武同意的。

第一天和第一夜

站在世界屋脊上挥毫写字 / 不冻泉把冰雪推远了 / 不用筷子，真正的“手抓羊肉” / 瞭望塔下的“新碑林” / 信写好了可惜没有邮递员来传情……

当一名可可西里志愿者是我久埋心底的意愿。但是当我踏上可可西里的大地，面对面地站在先我一步成为志愿者的同行面前时，我才真实地知道了志愿者是什么模样，才明白了志愿者必须在什么样的条件下工作和生活。尽管这之前我已经从电视和报刊上多次见过可可西里的志愿者，可是当实实在在的志愿者出现于眼前时，我仍然感觉他们（也是今后的我）是那么陌生，又是那么新鲜，甚至还有几分畏惧。如果说陌生和新鲜属于正常反应的话，那么畏惧就有些难以理解了。畏惧什么呢，为什么畏惧？说不清。但我确实在那一瞬间有过这样的一闪念。我在心里对自己说：从这一刻起，我就是这样一名志愿者了！

就在我这样自言自语地告诫自己时，一名志愿者正躺在我身边的担架上等候汽车被运到格尔木去住院。听说他患上了高山不适应症，病情还比较危重。

对可可西里志愿者的这个最初的印象，是在不冻泉保护站亲眼见到的，实在难忘。那天我们穿过昆仑山来到不冻泉小憩，然后再准备奔赴我们的驻地月亮湖。不冻泉保护站位于昆仑山口以南20公里处，离格尔木180公里，海拔4611米。可可西里有5个保护站，相对而言，这个站的自然条件还算较好。遍地流淌着的泉水使此地吃水很得便，操起勺子随手一舀就是清凉的甜水。空气也显得湿润。一年前，这里的志愿者还住帐篷，大风经常防不胜防地把帐篷摇晃得东倒西歪。到了 2002 年才建起了砖混结构的房屋。我看到屋顶上固定着一个由横竖几根钢筋交错做成的架子，架子上是铁片制作的一行大字：青海可可西里国家级自然保护区不冻泉保护站。我们在人烟稀少的高原行车好些天，一直与空野、荒凉的大山为伴，现在突然看到这一行苍劲、雄浑的铁铸大字，心头不由得生起难以抑制的亲切感，也是一股力量。我猜想，写这字和制作它的人是站在昆仑山巅完成这个看似平常实则很不一般的任务。这一行字一出手就张扬着一种傲视苍穹的气势，豪气四溢。站在不冻泉保护站门前，我有一种到了家的亲切感觉。当然，它首先是藏羚羊的家。

我原地不动，好久好久地望着那一行字，不肯离去。想些什么呢？我自己一时也难以说得清楚。

保护站的志愿者来自全国各地，分期分批，每批 10 人左右，时间一个月。志愿者来可可西里给盗猎者以迅雷不及掩耳之势的沉重打击，这是毫无疑问的。但是可可西里并没有因此就永久地安宁下来，盗猎者的枪声依然时不时地从上空贼溜溜地滑过。

我们到不冻泉那天，风很大，是仿佛带着钢针铁刺的风，吹打得人几乎难以站立得住。保护站的门紧紧地很清冷地闭合着，我敲了几次也无人应声。之后我边敲门边呼叫着，才出来一位藏族同志，他自报家门叫托多，是保护站的值班员。这是一个很豁达的人，说话直来直去，特纯朴。他说其他人都巡山去了，他们的站长扎西才让，原来是野牦牛队成员，跟着索南达杰干过，浑身的疙瘩肉，是一头真正的牦牛，很豪爽。托多还告诉我们，今天就他一个人留在站上值班，有什么事他都能做主。出门在外，人生地不熟，碰上这么个热心肠的人，痛快！我说没什么大事，就是想在你们这儿蹭顿饭，之后还要往月亮湖赶路呢。托多很豪气地说，自家人嘛，吃饭睡觉的事他都包了。说话间我们就进了屋，烘一下就觉得身上暖和了许多，好像从冰天雪地走到了另一个阳光融融的世界。原来屋子中间有一个很大的火炉，是大油桶做成的，火势很旺。托多对我们说，他们昨天就接到格尔木的电话，知道今天有人上山，但没想到这么快就来了。我们几个人随便找了个地方坐下，歇歇气。一路上颠颠簸簸，四五个人挤在一辆吉普车上，确实又累又挨冻，肚子也咕咕地叫起来了。就在这当儿，门外响起了喇叭声，旋即就从门里进来 4 个人，一看，就知道是巡山队员。他们清一色地穿着厚厚的红绿相间的巡山专用的冲锋衣，许是天气太冷了，他们一个个都袖着手，脑袋深深地缩在衣领里，脸的一小半也埋了进去，进屋好一会儿后才露出整个脸。那脸赤红色，古铜一般，还粘着点点未融化的雪斑。这是高原强烈紫外线照射的结果。很快我们也就会变成这个样子的。托多说，这些天天气不好，老是刮大风，队员们只能短途巡山，中午回来吃饭，下午再出去。他还很风趣地对我说，你不是想蹭饭吗？来得早不如来得巧，正好咱们一起吃午饭。说着他就走进了用两个汽油桶隔开的另一半空间。那边该是他们的伙房，想必是午饭已经做好，他拾掇饭菜去了。我们在经过昆仑山时因为车子小抛锚耽误了几个小时，没有按原计划到达不冻泉，没想到歪打正着，正赶上他们的饭点。

这当口儿，我才有暇较为仔细地浏览了屋内的陈设。说是保护站还不如说成伙房兼卧室更确切，那个蹾在中间的大火炉，显然是做饭、取暖两用。堆放的那些还没有打开的包包卷卷（也许直到这批志愿者离开也不需要打开）几乎占去了屋里三分之一的空间。整个屋内就一张床，寂冷地放在一角。其他的陈设就是一张桌子了，上面放着一个记事本，我想那该是值班日记了吧。屋里四周的墙上贴满了图片，大小、新旧都无一定之规，但是每张都与藏羚羊有关。我好生奇怪，怎么就一张床呢？一个队员说，站上一共 6 个人，只有值班员住在这儿，其他人暂时住公路对面废弃的道班房。我明白了。

饭做好了，托多笑盈盈地端着一铝锅沉沉的羊肉来到我们面前，咚一下蹾在地上。他想大家肯定都饿极了，便急不可待地揭开锅盖，锅里嗖嗖地冒射着腾腾热气，立即一屋子就弥漫着喷喷的香味。他竟然不顾烫手就捞起一块块带着骨头的羊肉，分放在几个盘子里，送到我们几个人面前。“趁热乎劲吃，越是热乎吃起来才香！”他并没有给我们筷子，我们也没准备要，伸手抓起肉就往嘴里塞。生活了多少年，经历的事也不算少了，用手当筷子吃饭这恐怕还是头一回吧！手抓羊肉嘛！这顿羊肉吃得好香，一辈子都记着这香味！

告别不冻泉，我们继续赶路。这时天空阴沉沉地拉起了长脸，一会儿就飘起了雪花。前行不足 20 公里我们就到了索南达杰自然保护站。这个站 2001 年 1 月 1 日正式挂牌成立，是出现在可可西里的第一个保护藏羚羊的建制单位。就是从这时候起，可可西里开始有计划地接纳全国各地的志愿者。每年大约有 30 名志愿者分批上山为藏羚羊站岗放哨，同时对昆仑山至五道梁一带的野生动物进行实地调查。我们要在这个保护站住一夜，明天再去月亮湖保护站。

雪花满世界地旋转着，长时间不肯落地，好像要给我们诉说什么。我走出小屋站在外面的雪地里，心儿被这雪花抚摸得爽爽地舒坦。我真的想让这百看不厌的悠然飞飘的雪花落满全身，直至把我埋掉，那该多享受呀！谁料好景不长，很快就刮起了风，越来越大，把原本有节奏旋转着的雪花搅成了一团乱麻，混混沌沌。风越发地变大着，还拉起了很不中听的刺耳的哨音。天地间什么也看不太清楚了。好在我们已经来到了索南达杰保护站，免受一场风雪的灾难。

没过多久，风停雪止，可可西里又恢复了空远的寂静。我走到屋外想继续享受雪野的景致。天，瓦蓝如洗；地，辽阔无垠。保护站不远处的瞭望塔是这块地面上除了那间小屋之外唯一的建筑。我步行至塔下，仰头望塔，忽然觉得我还有与我同行的这些人，变得渺小了。过去常听人讲，人比山高，好些书上也是这么写着。来到青藏高原这些日子，置身于莽原之中，我才感悟到"人比山高、人定胜天"之类的话显然说得过头了。是的，某些时候在某些事情上，人在发挥了超常的智慧后确实可以战天斗地，获得胜利。但是，就总体而言，在大自然面前人还是渺小的。我们只能力争做到天人和谐，保护大自然。当然保护中也有改造，互为改造。改造仍然是为了和谐。今天，我们就是以这样的心情走进可可西里的。

瞭望塔下的空地上摆放着大小不一、形状各异的石头，少说也有百十块。大的能卧牛，小的可坐人。几乎每块石头上都或刻或写着字。什么人写的，又是写些什么呢？我好奇，就不由自主地走进了石头滩，一一看着那些字，并抄录在随身带的小本本上——

"地球是我家，幸福靠大家——长沙望月湖二小""可可西里，神秘的地方，可爱的家乡——解放军第二军医大学杨灿”“永远做藏羚羊的保护神——上海李时玉”“我们不希望只在网上回味大地母亲的温柔——重庆南开中学”“我们的努力是为了能流向未来——成都西安路小学”“尽我们所能还母亲河本色——武汉一中”“把寒冷推远，也许能用上我们的力；把冰雪融化，也许能用上我们的热——北京一作家”……

我的心被这些带着明显情感的文字震撼得痒酥酥的无法平静下来，又感到很温暖，浑身滋生着一种力量。这儿是志愿者的平台，也是进藏路上南来北往的人们抒发心志的地方。我不能袖手旁观，便挑了一块石头写下了一行字：我的爱与可可西里同在——广西一志愿者。

我手中没有刀剪，无法镂刻我写的字，也许不需多日，我的字就会被风霜荡掉了（我看到已有许多用钢笔或圆珠笔写的字只残留下了一堆堆墨迹），但是我写下的这句话会永远地长在我心里。

我为什么要写下这么一句话？那一刻我想起了艳红。种瓜得瓜，种豆得豆，种下的爱情放在心头，让她四处游走！

当晚，我在昏昏欲睡的油灯下，给艳红写了我来可可西里后的第一封信。把我在瞭望塔下看到的那些题词留言以及我写下的那句话，都抄给了她。我有伤感，但更多的是期望。曾经的风雨，曾经的阳光，毕竟储存着浪花，留下了涛声。让它在可可西里的蓝天白云下展现，也许是一种解脱和安慰吧！

信写好后，我才意识到可可西里没有邮局，寄信要托人到格尔木去办理。这信只有压在手头了。看着这封一时发不出去的信，我怎能不想起那支从 50 年代一直流传至今的歌曲《草原之夜》呢：

美丽的夜色多么沉静
草原上只留下我的琴声
想给远方的姑娘写封信
可惜没有邮递员来传情
等到千里冰雪消融
等到草原上送来春风
可克达拉改变了模样
姑娘就会来伴我的琴声
……

时间过去了五十多年，今天的可可西里仍然没有传情的邮递员。不同的是，可克达拉草原的夜是静静的，有琴声，而此刻的可可西里，却风雪吼吼地吹响，何来琴声？

我手拿着信，隔窗望着外面的风雪世界，望着……枪声！突然传来枪声！这枪声中不知会有多少藏羚羊倒下！

没有琴声却有枪声，这是为什么呀？

没有比泪水更干净的水

盗猎分子总是贼溜溜地躲着志愿者行凶 / 深山里奇怪的炊烟 / 宁肯饿着肚子也不吃藏羚羊肉。

我们早出晚归，在不平静的可可西里巡山。日子单调，生活苦涩。其实，谁也不在乎这些。每每看到成群结队的藏羚羊从眼前活蹦乱跳地戏闹着跑过，我们心里就兴奋、轻松，自己也好像成了它们中的一员那样乐之不够。有我们在，藏羚羊就有了安宁日子；藏羚羊能平安地生活也会使我们单调的生活变得充实。巡山中对我们的情绪刺激最大的事，莫过于看到盗猎分子总是贼溜溜地躲着我们行凶，我们多次看到他们杀害藏羚羊后留下的罪恶痕迹。有时是一堆扒了皮的藏羚羊的血骨头；有时是带着枪伤艰难逃跑的受伤的藏羚羊；有时是失去爸爸妈妈无望回家挣扎在死亡线上的小羊崽；还有时是盗猎分子码在山洼里未来得及运走的藏羚羊皮张……戳人心刺人肺的疼呀！

“那些黑了心肝的盗猎分子，巴不得放一枪就把可可西里所有的藏羚羊都变成他们腰包里的现钱！我们就是要毫不留情面地打碎他们的美梦！”这是巡山队张队长的话，他讲的这话太能代表我们所有志愿者的心愿了！每次想起他讲话时那咬牙切齿的样子，我就有一种无法抑制的责任感在心头鼓荡，燃烧。我们总是格外精心地巡山，巡逻的面积尽量大些，再大一些，不给盗猎分子留一点有机可乘的死角。正是出于这种考虑，我们九个人的分队，一分为三，变成了三个巡山小组，把巡视的范围扩大了三倍。我和张队长再加上小李为一个组，张队长任命我为组长。我说，这可不行，我怎么好领导队长呢！张队长说，队长管一个队，你只管一个组，严格地说你的手下就管小李一个人。当然到了组里队长也是组员，归你领导。他这么一说我就无话可说了。我愉快地挑起了这个重担。

那天，我们三人像往常一样，巡山来到了太阳湖边。这里一直是我们巡逻的重点地段，丝毫不敢懈怠。因为我们很早就知道太阳湖是藏羚羊集中的地方，尤其到了春夏交替的时节，散在各处的藏羚羊要跋涉到这里完成一年一度的产仔任务。盗猎分子自然不会轻易放过这次机会，他们常常趁巡山队不留神的空当偷袭而来，杀害藏羚羊。现在我们加强了在太阳湖的巡察，盗猎分子不得不有所收敛。这样，太阳湖就出现了一段时间的平静日子。可是我们万万没有想到那些狡猾万端的家伙也在琢磨着对付我们的诡计。他们经过多次观察，摸清了通常情况下，我们都是下午到太阳湖巡察，他们就火急火燎地赶在我们到太阳湖之前行动，迫不及待地猎杀一回藏羚羊。我们很快就发现了这个情况，有意改变了巡视计划，每天先到太阳湖巡察，狠狠惩罚了他们几回。这天中午，我们出其不意地来到太阳湖边，马上就有一种异样的感觉，杂乱，慌恐，地上的草被践踏得千疮百孔，空气中弥漫着火药味、血腥味。显然有人猎杀过藏羚羊。我们估计他们走出去不会太远，决定乘势追击，追到太阳湖更深的地方，追出去三四里地时，我首先瞅见前面的山洼里升腾着一缕青烟，飘荡在蓝天草地之间，格外亮眼。还没等我说话，张队长也看见了，他用手势示意大家别声张。我们站住静观，那烟细细的，显得很孤单，慢慢悠悠地飘散着。烟势时断时续，看样子很可能是炊烟。按照我们以往的调查，这一带从来就没有定居的牧民，游牧的人也很少来过，地老天荒，前后几百里地面上不着村不挨店，常有野狼出没，谁到这儿来找死呀！此时，我们的眼前还不时地升腾着一丝苟延残喘的青烟。张队长提醒我们，这儿很可能是盗猎分子的黑窝点，让大家做好战斗准备。

我们提高警惕，握紧猎枪，加快车速向前赶去。果然发现了盗猎分子，有三四个破衣烂衫的人一瞭见我们追来，立即丢下所有的家当，发动一辆破吉普车撒腿就跑。我们追了一会儿，那车跑得贼快，拐过一个山弯，消失了。

我们又返回到了升起炊烟的地方。原来盗猎分子刚才正在做午饭。残火暗灰，满地狼藉。一个烘烤得漆黑的铝锅，还歪歪斜斜地架在半死不活的火堆上。火已经快熄灭了，锅里还咕嘟咕嘟地煮沸着藏羚羊肉。这些刽子手，杀死藏羚羊，还要用羊肉充饥，他们精鬼到家了。我听说，有些盗猎分子打死雌藏羚羊后，剥皮，专吃雌藏羚羊的胚胎。十恶不赦的杀手，杀生养身，残忍至极！

日头偏西，已经是后半晌了，我们还没吃晚饭呢。这会儿每个人的肚子都饿极了。眼前就是煮熟的藏羚羊肉，可是没有谁动心思去吃。我们宁肯饿着也不能吃呀，那是人类的朋友，是我们志愿者保护的对象呀！

我们把铝锅里的藏羚羊肉捞出来，装进一个塑料袋里，就在太阳湖畔挖坑埋葬了。我还特地堆起一个小土堆，算是这些遇难藏羚羊的坟墓吧！我们三人久久地站在坟堆前，心情十分沉重。想着这些可爱的藏羚羊遭如此大难永远地从可可西里消失了，我忍不住流了泪。张队长哭得最伤心，一直扎着头在抹眼泪。

这天，我们回到驻地已经是夜里十二点钟了。身上虽然很疲倦，我却丝毫没有睡意。我沉重的心一直悬在半空中，总觉得好像还有什么没有做完？噢，想起来了，应该给艳红写封信。这已经是一个无法改变的习惯了，来可可西里这些日子，几乎每天都会不由自主地给她写信，哪怕只写几句话呢。我凭借烛光写着，告诉她我们白天在太阳湖边遇到的那些盗猎分子吃藏羚羊肉惨不忍睹的情景，我说我们巡山队的人都哭了，我们就像哭死去的亲人那样伤心。实在不忍心呀！我在信的末尾写道：这个世界上，没有比泪水更干净的水了！儿女的眼泪是哭父母的，爹妈的眼泪是哭儿女的，我们的眼泪是哭藏羚羊的！

由于我们加强了在太阳湖的巡逻，盗猎者逃了。太阳湖又恢复了平静，从四处赶来的藏羚羊在这里无忧无虑地欢度它们的“情人节”。这一天，我有幸看到了雌雄藏羚羊在草原上的“恋爱”，真没想到，它们的交配实在奇特，耐人寻味。那些雄藏羚羊们使出蓄积了大半年的所有锐气和精力，去占有雌藏羚羊。它们要决斗，胜者才是王子。只是它们不是与雌藏羚羊决斗，而是在雄藏羚羊之间进行。这种决斗太残酷了，少见的残酷！每只雄藏羚羊都毫不例外地长着一双长长刀刃般的角，双方先是用长角抵着谁也不让谁，僵持许久。这时一方眼看就抵挡不住了，要输了，它突然松开长角，逃跑，猛跑。另一只雄藏羚羊则紧追不放。待追者与逃者拉开好长一段距离时，逃者突然就势往地上一趴，这时它的那双长而尖的刀般的角自然地弯向后方。乘胜而追的雄藏羚羊则猝不及防，仍在猛扑向前，正好那两把“利刀”刺进雄藏羚羊的胸部，它一命呜呼！

胜者得意地走向早就等候在一旁的雌藏羚羊。雌藏羚羊只接纳这样的英雄男。

这种血淋淋的交配，实在惨不忍睹，我只看过一次，就再也不愿看到了！但它是大自然的选择，是优胜劣汰的过程，也是藏羚羊寻欢作乐的“情人节”呀！

袖珍录音机里的遗言

他说最苦的地方生活才最壮美／高山反应，使他恨不能把肠肠肚肚都吐出来／袖珍录音机里的遗言……

上午，来了一位候补队员，他叫李良。为什么叫候补？他是去西藏旅游的途中，临时动意拐到可可西里加入志愿者队伍的。也许三五日就走人。对这样热情的人，哪怕只在可可西里待一个小时，冷落他也是罪过。那就叫候补吧。李良是海南省的青年学生，他利用暑假来西藏旅游，顺便给他们的校刊写点文章。他途经可可西里采访我们时受了感动，心劲一涌动就改变了旅程，要为保护藏羚羊做点事出把力。之后，他还要去拉萨，跑新疆，在可可西里的时间满打满算不会超过一个星期。管理局（可可西里国家级自然保护区管理局——作者注）本来要他留在不冻泉保护站，那儿海拔相对低一些，自然条件稍好点。当然最主要的还是他将要度过的志愿者经历太短，没有太大必要分配到更远的站上。可是这个李良太要强了，也是逞能吧，他死活不听安排，生生地越过不冻泉，到了可可西里最艰苦的保护站——月亮湖。他说，苦无所谓，我从海南大老远来到高原，就差一步了，为什么不到最值得去的地方去考验自己！这样的机会我这一生恐怕就这一次了，我要过得淋漓尽致的壮美。李良感动了所有的人，我们都不把他当候补队员看待了。他是那天午后到月亮湖的，他连行李都不用落肩，就跟着我们把保护站两个小时才能走完的区域跑了一遍。问题偏偏就出在这两个小时里，时间那么短，李良总想多跑一些地方，他甚至说他一定要设法碰到一个或几个盗猎者，给他们点厉害看看。我们没有取笑他，完全能理解他这种完全不同于我们心情的想法。所以我们迁就了他，领着他到处巡视，到处搜寻盗猎者，不知疲倦地赶着路，竟然忘了休息。超负荷了，还能不出问题！当时我们四个人为一个小组，个个都是全副武装；分坐两台车。李良看着车上装的那些包包罐罐的，觉着奇怪，便问：这是要干吗？带上干粮还不行，为啥还有背包、手电筒、帐篷？我给他解释，这是咱们巡山队的老规矩了，每次行动时吃、住、用、行的家伙都要一应俱全，少了哪条腿都要栽跟头的。我们出发后，撒在荒野里，好像大海里的一叶孤舟，什么想象不到的情况都有可能遇上。我们得从最坏处打算。比如碰上突降的暴风雪，在泥沼地里陷了车，被狼群包围，等等。在顺利的时候就得想到这些逆境，事到临头才不会手忙脚乱吃大亏。李良好像听明白了，点了点头。又好像没大明白，一脸的茫然。可可西里志愿者的生活，他还没体验过。

我们坐的是两辆吉普车，旧车。按说在可可西里这样地形复杂、气候恶劣的地区巡山，都是在没有路的地方跑野车，应该配备好车。可是眼下这里的条件还不允许。一切才从头开始，能将就先将就着吧，慢慢会好起来的。队长老张说了，车坏了，咱们推车，推不动，就甩掉车步行巡山。这么一帮子壮壮实实的小伙子还怕困在荒野不成？说这话的口气是有点大，但在眼下这种不得已的情况下说出来，还是有志气的，鼓舞人呀！

我们的汽车在荒原颠颠簸簸地行驶着，车子倒是没抛锚，人却出现了毛病，高山反应缠上了李良。他不停地呕吐，把出发前吃的那点东西全从肠胃里倒了出来，瞧那样儿恨不得连肠肠肚肚都折腾出来才罢休。他不住地叫喊着头疼，头疼！我们不得不停下车，关照他。他下了车蹲在地上，双手抱头，连声哭叫：疼死我了！疼死我了！他还直抱怨，是谁在用榔头砸我的头吧，太难受了！就在我们不知所措、忙忙乱乱地又是安慰他又是给他按摩太阳穴时，他突然从衣袋里掏出一个袖珍录放机交给我，示意打开。我不解，问，你要干什么？他说，打开听听，那是我给女朋友的遗言。我直想笑，高山反应在这里是家常便饭，用得着这么“严阵以待”吗？但我还是打开了录音机，李良的声音立即就飞了出来：“亲爱的莉莉，我可能从可可西里就走向天堂了，你千万别难过，我无怨无悔。我走了，希望你能找一个适合你的人为伴。”我们听了，都笑，这人也太脆弱了，才来了半天就想死，没那么便宜。可是我们谁也没说什么，人家正经受着高山反应的折磨，还是理解万岁吧！

李良不呕吐了，头还是疼，录音机上落满了呕吐物。我赶紧拿出刚搜寻到的止痛片给他吃了，不顶用，他的头照样疼着。我说，这点药还是从张队长的提兜底层的一个信皮里挖出来的。李良似乎有些不满意，嘴里呜呜噜噜地说了一句话，好像是说，这么艰苦的地方怎么就不多预备些药呢！我们谁也没回答他的问话，就这么个条件，抱怨有什么用！还是藏族司机多边有经验，他好像早就有准备似的，在李良发出那句抱怨以后，他马上接上话茬：有准备的，怎么会没有呢。说着他就拿出了一条红布带子，三下五除二地就给李良从额头处缠绑在了脑袋上。还真管用，李良说好多了，不那么疼了。他开始安静下来。我问多边，你什么时候学会用这办法制服高山反应的？他咧开嘴憨憨地一笑说，什么制服，这是没有办法的办法。只要是个人谁还不会拿上带子绑脑袋？我说，荒天野地的，要不是早就准备好这带子，事到临头到哪儿去找？多边笑答，工具箱里还有三条备用的呢，你们几个都犯了头疼也不用发愁的。瞧这家伙多有“心计”！

李良的高山反应基本解除。这时他拿起扔在坐垫上的那个录音机，有点歉意地对我们笑了笑，又装回到了自己的口袋里。之后，又摆摆手。我不明白他摆手的意思，正要问那录音遗言是怎么回事，没想到他主动说话了：出门人什么不祥之事都可能碰上，特别是走西藏跑新疆这样的地方，意外的事故多的是，多一手准备总是好的。我追问一句：怎么只给女朋友留遗言，家里的人呢？他说，那是女朋友的主意，她是怕我万一有个三长两短家里老人难以承受突然的打击，事后由她慢慢去做工作吧。

我暗想，瞧人家这女朋友，那才叫情投意合呢。

我们继续巡逻。因为有病人在车上，车速很慢。这样我们也就有机会欣赏到可可西里的旖旎风光。我的视线一直投放到地平线上，远远近近，尽收眼底。我看到了好多动物，野驴、野牦牛、盘羊、棕熊、赤麻鸭……藏羚羊倒不多，偶见三两只，点缀在众多的动物中间，很是显眼。收回视线，我看到眼前的草地上稀稀落落地开放着叫不上名字的朵朵野花。有数条从雪山流下来的小溪，闪烁着莹莹阳光纵横交错地流淌在花草之间。溪流中还不时地露出一簇簇小草或野花，很美丽，很安静。直到太阳快升至头顶时，我们才看到了一群一群的藏羚羊，它们正在稍远一点的山坡上悠闲自得地吃草。那些羊儿看到我们的汽车，开始时只是抬头望望，又扎下头吃草去了。可是我们停下后，它们哗啦一下就顺着一条山沟跑溜了。我猜想，藏羚羊们准以为我们要伤害它们，其实我们停车是因为李良又喊叫着头疼了。再说,我们是专门保护藏羚羊的,它们怎么就看不出来呢?

多边不得不又在李良的额头上绑上了那条布带子。但是,这一回根本不灵光了,李良还是哭叫着头疼,头疼!这时天已近乎中午,又纷纷扬扬地飘起了雪花。我们决定立即返回驻地,万一雪越下越大,赶不回去,拖累着这么个病人,那麻烦就大了!

回到驻地天已经黑了,李良的头疼一点也没有减轻。什么办法都用过了,摁太阳穴、吃药、扎针都没用。无奈我们只好连夜把他送到格尔木去住院。后来听说,医院给李良检查后,认为他体质太弱,不宜长期在高原留驻,只好送回海南了。不用说他打算去拉萨跑新疆的事也泡汤了!

李良当了半天的志愿者,病恹恹的志愿者。那也是志愿者呀,是为保护藏羚羊作了贡献,生命里有了这么一次经历,同样值得骄傲!

当晚,我在灯下给艳红写信。不知为什么总想给她讲讲李良的事情,特别想讲那份遗言,写着写着就碰到了艳红的眼神,不知该怎么写了。如实地告诉她吧,那不正好证明她反对我来可可西里是正确的。不告诉她吧,又不甘心。这份遗言给我留下了心灵的疼痛、震撼和难以忘怀的烙印。还是不遮不掩地把实情告诉她吧,人人都需要深思,人人都可以反省。我给她写信怎能不带着感情!白昼长,夜晚短,时间不能泅渡,人心与人心之间,许多时候许多事情上无法丈量。我在信上给艳红写下了这样的话:当我再次回去找你时,无须敲门,因为门板没有了!写下这样的文字,我一想,不妥,她要理解错了,真的把门板抽掉了,那不等于告诉我,这里没有门了……

我很怅然,真的好怅然!

一只夭折的藏羚羊

第一次看到藏羚羊是怎么出生 / 为小藏羚羊守灵 / 小藏羚羊临死前那黑亮亮的瞳仁……

大老远，我们就瞅见前面的坡下有几只藏羚羊一边吃草一边慢慢腾腾地移动着，便不由得收慢了车速，唯恐惊扰了这些小宝宝。在我们这些志愿者的心里藏羚羊就是上帝，我们要护着它们，爱着它们。显然那几只藏羚羊也发现了我们，它们不但没有跑开还站在原地仰起头望我们。在藏羚羊的眼里我们是它们的保护神，它们也亲近我们，爱我们。我有个感觉，今天遇到的这几只藏羚羊好像有什么事要乞求我们，要不它们为什么一直眼巴巴地望着我们不离开？队长说，停止巡山，咱们观察一会儿看看会发生什么事情。与我们同行的保护站的一位工作人员有经验，他说很可能是有母羊要产仔了，咱们躲开一下，给它们腾出一个安静的空间。没有藏羚羊认为好的环境，它们是难以安全产仔的。他讲得太有道理了，我们赶紧下了汽车，步行到一个谷地（其实只是个小坑而已）。站在这个坑里我们拿着望远镜仍然能瞭见那几只藏羚羊，但专心产仔的藏羚羊已无心看我们了。就是在这里，我有幸第一次仔细地看到了藏羚羊产仔的情形，那真是一个虽然美妙却痛苦、漫长的过程——

我看到一只雌藏羚羊的小尾巴高高地撅了起来，不肯放下，久久地撅着，而且越撅越高，越直，好像要一直撅到天上似的。我真为它担心，那样多费劲呀，它能支撑得住吗？工作人员说，你不必操这个心了，马上就会有一只小羊出生了。几乎是跟着他的话音，果然就见一团黑乎乎的东西从雌藏羚羊的尾巴下面腾的掉了下来。之后，也就是半个多小时吧，那团黑乎乎的小玩意儿竟然蠕动着，最后还立了起来,摇摇晃晃地一走一摔地移动着。啊,是藏羚羊崽！我惊喜地叫喊着。它就这么诞生在可可西里，真是太神奇了！小羊崽跟随着它的母亲向前缓缓地走动着，仍然是一步一摔，摔倒了再爬起,又摔……母亲不时地停下来,回过头用嘴舔舔它的身子。随之，小崽又往前移走。我惊喜又不解，它们怎么刚出生就会自己走动？这样会摔坏的。工作人员说,你看下去吧,母藏羚羊就是这么产仔的。

那雌藏羚羊前行的距离越来越长，它还是要停下来，扭头看看孩子，有时还折转回去，照例舔舔孩子。之后又前行，走的距离再次拉长，再返回……就这样反复多次，既亲昵地关照着小羊崽，又放手让它们练步。我在心里暗数着雌羊反复的次数，一次，两次，三次……大约到十次时，不知何故，雌藏羚羊一直朝前方走去，再也没回来。走出去好远了，它只是站在原地看着它的孩子，孩子也不再起来了。我直纳闷，这是怎么啦？妈妈不关照孩子了，孩子也不跟随妈妈了！到底发生了什么事？

工作人员说，不好，出事了！

什么事呢？工作人员好像也不大清楚，我们就更糊涂了。

我的心忐忑不安。我们猫着腰轻手轻脚地蹭到了小藏羚羊跟前，雌藏羚羊已经不知去向，只见一团湿漉漉的毛皮像面团一样柔软地瘫在地上，那肉皮还在有一下没一下地微微颤抖着，一截脐带连在上面。我拿出照相机，本想拍下它，却不忍心，怎么也按不下快门。工作人员说，它出生还不足半个小时，就夭折了。他说着就用照相机拍下了这一切。保护站收藏着有关藏羚羊的许多资料。

我们呆站着，束手无策地看着那只死去的藏羚羊幼崽。我满胸的悲伤。一个生命，一个本来可以在这个世界上绽放光彩的生命，怎么只像流星似的亮了一道弧线，就永远地消失在无底的黑暗中了！脆弱的生命呀！少顷，我问工作人员：它怎么就这样死去呢？他回答：是难产逆生。我再问：不是已经出生了吗，还叫难产？他说，你怎么就能肯定它是很顺利地生下来的？也许从昨晚或者从今天凌晨，雌藏羚羊的肚子就开始发痛要生产了。凡是这样挣扎勉强生出来的小藏羚羊，一般都难以成活。

我的内心无法平静，仍想着刚才看到的那个小藏羚羊惨死的情景。我平时所看到的藏羚羊跑起来像箭镞一样疾快，可以跟汽车竞赛。多棒的身体呀！没想到它们从母亲肚里生出来的时候竟然是这么一个弱小的肉块，摇摇晃晃走了几步就永远地倒下去了。我们爱生灵，就要从爱护幼小开始！

被高原寒风带走了的藏羚羊幼崽呀，你的那一团肉乎乎的身体烙印着春天深处的伤痕，我会永远听你远去的哭声！

工作人员出于职业习惯的本能，当然还有怜悯之心，仔细观察、记录了羊崽死后的一切特征。之后，又一次完整地拍摄下了羊崽的遗像。他说，保护站每月或者双月都要召开会议，讨论藏羚羊的生存状态，他必须积累尽可能多的资料。我却郑重其事地建议他，有关藏羚羊的遗容相片，要尽量地少拿出来展示，实在太惨不忍睹了。他没表态。

我们在那只死去的小藏羚羊跟前默默地站立了好长时间。是向它的遗体告别还是守灵？我说不大清楚。我一直不敢去看它，偶尔看上一眼，心里就好酸疼！突然我看到那团黑乎乎的皮肉裂开一道缝，那是它的眼睛睁开了，黑黑的瞳仁，好亮好亮！这光亮一下子就落到了我心里，我惊呼一声："它活过来了！"我的话还没落音，那黑亮亮的一道缝又闭合上了。这回它真的死了！这个世界上再也没有它了！我看到，它闭合后的眼皮上好像还留着一滴泪水……

我们依旧站在小羊的遗体前，谁也不说一句话。许久，许久。要不是工作人员提议把它埋葬，我们不知道要默站到何时。于是，大家一齐动手挖坑，是给小羊建造最后的小屋吧！直到把它安埋好，也没有人说话。完毕，我说："黑黑，你在可可西里安息吧！我们还会来看望你的，为你站岗，保护你的灵魂！"黑黑，这是我为死去的小羊起的名字，我这一生也不会忘记它死前那一道黑亮黑亮的眼珠！

后来，我给艳红写信讲了这件事，我写道：……今天我眼看着黑黑死去，你知道我有多么难过吗！直到这一刻在给你写信时，我的眼里还含着泪花。我真的没有想到这只可怜的藏羚羊，出生才不到半小时就走到了另一个它不愿去我们也不愿看到的世界。它是那么的留恋它的妈妈，留恋可可西里它的家园！这从它的那滴泪水可以得到印证。它临走前还要睁开眼睛再看一看我们，死去时眼里还噙着泪水。那是它的生命里的第一滴眼泪，也是最后一滴眼泪。后来，工作人员说，那不是小藏羚羊的眼泪，而是它妈妈掉下来的伤心泪。不管怎么说，我忘不了那滴泪。妈妈的眼泪和孩儿的眼泪，都是催人泪下的伤心泪。我想，如果你在现场，看到了这只可怜的小羊临死前的凄惨和留恋，你也会忍不住要掉泪的。因为我知道你是一个很胆小的女孩，最怕见到血，哪怕有一只小鸟死了也不忍心去看一眼。真的，那只小藏羚羊太可怜了！

沙棘果与南国红豆

沙棘是个顽强的战士 / 沙棘果给藏羚羊带来祸害 / 南国红豆最相思。

这是一片高地，高原平川中曲曲折折的一溜丘陵状高地。它很均匀地分布在可可西里大约西南一隅。就是在这里，我看到了一片片骆驼刺、金露梅、沙棘等高原植被。这些在不少地方生长得原本茂盛的灌木，到了可可西里这种瘠薄、干旱、严寒的环境中，却退化成不足10厘米高的“爬行植物”了。它们紧紧地扒着地面，那颜色绝对不是绿色，更别说翠绿了。褐色，或者说枯黄色更确切。乍一看，好像一条条蜥蜴僵在了地上。这时你又会有另外一种感觉，虽然没有绿色，但它们的生命力很强。蜥蜴能在干涸、寂寞的戈壁滩世世代代繁衍生息，够顽强的了吧！把这里的植物比作蜥蜴，这绝对是赞誉它们的坚强！

我站在一簇沙棘前，久久地观察，沉思。

它很瘦小，甚至在你如果稍有粗心大意不仔细搜寻时就很难发现它的存在。但是我仍然要确信无疑地用生机勃勃这四个字来描绘这个生长在遥远山区的灌木丛。当然这四个字不可能是描绘它的叶子——那叶子很像一颗颗麦粒——而是说它的枝干是绝对的生机勃勃。其实那枝干一点儿也不粗壮，且大都略呈弓状地沿地面趴伏着。这并不特殊，也不重要，最让人对它肃然起敬的是它的叶子和枝干那种说红不红说黑不黑说青不青的混杂而成的色泽。我当然知道它是为了抗争高原的酷寒和风沙才铸就了这种颜色，那是健美之色，其次才是护身之色。也不必为它趴卧在地面的姿势担心，当狂风暴雪扫来时，它不会倒下去。沙棘是个顽强的勇士，即使被十级暴风吹得在地上翻了个滚，它仍然活着。我听高原牧人讲过有关沙棘的一个故事：有一次，罕见的暴风雪连着吼叫了一个星期，那些沙棘的枝条滚蛋蛋似的吹得遍地都是。最后被一场大雪结结实实地埋得密不透风。你猜怎么着？暴风雪停了，后来雪也化了，沙棘的骨架一点也没损伤，那混杂的色泽显得更清亮了，好像刚刚洗了一回澡。更有意思的是，那些红红的小拇指头般的沙棘果，亮晶晶地铺满在枝条翻滚过的地方。非常惹眼，太可爱了！这时候人们最直接的感觉是，那场暴风雪太有情了，它是专门为摘沙棘果而来的。除了它，还有哪个能工巧匠会这样整齐而均匀地把这美丽的红果撒满一地吗？

沙棘果有丰富的营养，可入药，又可制成饮料。不少牧民把它捡起来不忍心急于吃，而是放在家里作为观赏之物，不厌其烦地看好些日子，直至它萎蔫。藏羚羊就不客气了，它们馋沙棘果馋得发疯，逮住就吃个饱。特别是雌藏羚羊，在它怀崽期间，巴不得把可可西里地面上所有的沙棘果独享。当然这也不可避免地带来了另外一个问题，那些精鬼盗猎分子总是隐藏在沙棘附近的阳沟暗角里，守株待兔似的等候着藏羚羊出没。这样就有为数不少的藏羚羊因为贪吃而丢掉了性命。我对沙棘的感情是很复杂的。我相信藏羚羊在一次次吃亏后会逐渐学得聪明些。它们既能吃到沙棘果，又不会被贪婪的猎人钻空子猎杀。藏羚羊确实是很精明的。

这天，我终于实现了久埋心底的心愿，采集到了两颗又大又红的沙棘果。工作人员看着攥在我手里的果子很羡慕地说，他来到可可西里已经三年了，从来还没有碰见过这样肥大鲜红的沙棘果。我想，这大概是可可西里最美丽的沙棘果了。我把这两颗鲜果装进了腾出的一个小瓶子里，它们卧在瓶里越发显得红透漂亮。我又一次想起了南国的红豆，想起了那首红豆的诗：

红豆生南国，
春来发几枝。
劝君多采撷，
此物最相思。

我想我会把这两颗红果带回家乡去的，即使它烂透了，我也会带回去。为什么要这么铁心地做这件事！我也说不大清楚。我只想在我离开可可西里以后的日子里，还会想起可可西里，一想起可可西里我就会想到沙棘果，想到那首南国红豆的诗……

这就是我的心情，真实的心情！

站在世界屋脊上唱《青藏高原》

女朋友教我唱歌 / 可可西里没有超乎现实的浪漫 / 歌把我与大山融为一体。

没有来可可西里之前，我就时不时地听到一些人手舞足蹈地说，可可西里那个地方虽然呢苦了点，却是山高水长，风光无限，最能让人产生无限的遐想。遐想？产生什么样的遐想，我没有体验，也无法体验。后来，我参加了学校举办的一次诗歌朗诵会，听到了有人朗诵一首诗时，又提到了可可西里可以让人遐想万千，美丽无比。怎么又是遐想呢？因为我认识诗的作者，就随意地问了他一句，可可西里会让人遐想什么呢？没想到这位作者根本没去过可可西里，他只能很概念化地告诉我，在蒙古语里可可西里就是“美丽的姑娘”的意思，可想而知，它能不让人天上人间地去联想吗？他还说他虽然没去过可可西里，就是凭着这样的想象在一夜之间写出了这首朗诵诗。

天啦！神奇的可可西里！没到过它身边的人，竟然也如此钟情它。但是，说心里话，我是半信半疑。更何况，后来我知道了，什么“可可西里是美丽的姑娘”，姑娘二字纯粹是杜撰出来的。

学院批准我来可可西里了，我的心情异常激动。当然更多的还是小心翼翼，不是不愿迈开前行的脚步，而是怕踩到“雷区”。我在心里努力勾画着那个将要身临其境的美丽天地：那是地球上唯一的一块保留着天然资源的无人区，天高云淡，白云下面的草坡上野生动物悠闲自在地走动着。这时候即使不会唱歌的人，也会按捺不住心头的激动，没腔没调地唱起了那首让内地人听了心花怒放的《青藏高原》。唱完了肯定还不解渴又唱起了《天路》，还有那首《回到拉萨》……这是怎么啦，越唱越来劲了！那是站在世界屋脊上唱世界屋脊，心里还不波涌浪翻？

你瞧，我人还没到可可西里呢，就天上地下地遥想起来了。这不是遐想又是什么呢？这一想还真启发了我，学唱歌。我音乐方面的天赋实在不敢恭维，五音不全，唱什么歌都跑调，对不起听众。我下定决心要学会唱歌，首先要把《青藏高原》唱顺溜起来，这样才有资格走上青藏高原。教我唱歌的自然是艳红了，当时她还没有跟我分手，教唱还算耐心，掏句心里话说吧，我下定决心学唱歌，还不是冲着让她教我？人就是这样，每做一件事除了可以亮在桌面上堂而皇之的说道外，总还会有藏着掖着的隐秘。让她教我唱歌，一对一地面对面站着，那会是多么美好的滋味！至今我仍然记得她讲过的如何把这支歌唱出味道来的话："要挺起胸昂起头来唱，那劲头就出来了。"我就是这样学会了唱《青藏高原》。她给我打了60分，刚及格。我已经很满足了。

现在，我终于来到了可可西里。现实跟理想的距离之大是我万万没有想到的。《青藏高原》这首歌最初留给我的关于可可西里那种神圣的想象，或者说道听途说带来的那种急切的向往，随着我在这块土地上生活的时间不断增长而越来越渺茫了。我绝不诅咒可可西里，怎么可能呢！我就是冲着保护藏羚羊才千里迢迢地上了高原，我当然做好了吃苦甚至吃大苦的思想准备。我只想实实在在地说明一点，或者说要纠正一些人对可可西里"克里空"般的单相思。可可西里是可爱的，藏羚羊也同样可爱。但是可可西里绝对没有超乎现实的浪漫，也肯定不是美丽的姑娘。这就是我的基本认识，一个志愿者发自内心、始终不变的对可可西里的态度。这样，当我们第一次被暴风雪围困在巡山路上时才能坦然面对；当我们断粮两天一夜后在雪山上吃雪咽草根时才没有怨天尤人；当我们在深山看到一堆堆被盗猎者扒掉皮的藏羚羊骨骸时，才产生了一种强烈的无法遏制的责任感。确实如此，我们是有备而来的。我不会因为这样那样意想不到的艰难横在面前就缩手缩脚地没有出息地懦弱起来。

我没有理由消极地应对恶劣自然环境对我们的考验。尽管来到可可西里后，我常常会感到人类在大自然面前有时极其渺小，你根本无法战胜它，想躲避也来不及。但是我们始终要昂首挺胸，这是艳红说的，做个男人就应该这样。到了可可西里，越是在走投无路时，我就越要求自己要有求生存的渴望。我要活着，必须活着！有了我们的安在，才会有藏羚羊的乐园。可可西里确实应该永远成为藏羚羊的乐园。我们可以在大自然面前吃尽苦头，却不能变得不堪一击，成为可怜虫。

我又想起了那首歌《青藏高原》，不能不想起它。那句话总响在耳畔："昂首挺胸地唱"。每想起它，我便不由自主地哼唱起来：是谁带来远古的呼唤/是谁留下千年的祈盼/难道说还有无言的歌/还是那久久不能忘怀的眷恋……

我唱得心花怒放。但是我相信不是那种自以为是的傲视天地的心花怒放，而是我与可可西里已经融在了一起、与大山融在了一起的那种心花怒放。青藏高原和我同唱。唱吧，这是一个志愿者顽强的呼吸，从压抑的胸腔里蹦出来的。虽有痛苦，却也自豪！

我当然很想让艳红听到我的歌声。那样她保不准会说：嗬，南武，你行呀你，成歌唱家了！唱得还不错嘛！她是在夸我吗？我怎么觉得她的话里总有一种酸溜溜的味道。顾不得那么多了，还是唱吧，唱《青藏高原》……

女研究生的可可西里故事

三男一女在野外如何露营/一连串又尴尬又快乐的故事……

巡山的工作又苦又累且带着几分危险，这是毫无疑问的。当然也尽兴，干自己乐于干的事情，苦累终究会融进快乐之中。

最怕的是遇到尴尬的事，哭吧不是流泪的时候，笑呢又笑不出来。又哭又笑？哪有这样的表情！当然有，这也是可可西里馈赠给我们的快乐！

真的，这种事偏叫我们碰上了……

绝大多数情况下，我们当天外出当天就可以回到驻地。但是，也有例外。有时不知不觉来到远天远地巡逻，或者碰上难以预料的天气突变，志愿者只好在野外露营。幸亏这样的时候并不多，否则可就苦了我们。所以我们每次出发时总要带着被褥，随时准备在野外过夜。在野外住宿挨冻、受苦，这是明摆着的事，有时还叫人难为情，那才真叫是难为情呢！三男二女或一男一女，能不难为情吗？

我倒不是说我自己摊上了这事，而是说在我之前发生的事。头年夏天，可可西里志愿者队伍里冷不丁地来了一位女队员，她叫何艾琴，是南方某大学的硕士研究生。她当然不是可可西里的第一名女志愿者，但是发生在她身上的故事是独一无二的。也怪，这些事怎么都让她遇上了。据说，何艾琴当初正式提出来可可西里履行志愿者的义务后，受到了周围人的一致反对。一个身单力薄的女娃到那个地方去不要命了！尤其是她的家人，简直要跟她撕开掰了！如果何艾琴屈服了，可可西里很可能永远会失掉一个女志愿者创造的奇特而美丽的故事。铁了心要为保护藏羚羊贡献智慧和力量的何艾琴，最终没有受到干扰，还是冲破阻力热情洋溢地来到了可可西里。与她同行的还有另外一个女志愿者，这也是亲友们最终能容忍她这次行为的一个重要理由。但是伴她上山的那个女队员来到可可西里没有几天，就以种种借故撤走了。她留给何艾琴的最后一句话是：还是撤吧，男人可以在这里有所作为，女人不行，确实不行！何艾琴不服气，说，那我就试试吧！这样何艾琴就成了名副其实的“女子独立大队”。

一个女孩混杂在一群男人中间，又是在可可西里这样一个遥远而荒凉的地方，让她很不自在的事情接二连三地发生。她没有抱怨，这是她自己选择的路，要抱怨只能抱怨自己。她只能让自己的生活和心理去适应这种陌生的环境。那天外出巡山，包括队长在内共四个志愿者，三男一女。一辆半新不旧的吉普车载着他们颠来跑去，哪里的藏羚羊受到盗猎分子的威胁，他们就勇敢地奔向哪里。那些在藏羚羊面前耀武扬威的盗猎者，老远只要一瞅见志愿者的汽车，撒腿就溜之大吉了。跑？我追你，追上了批你罚你。追不上，也要吓得你失魂落魄。这就是可可西里志愿者的生活，挺长威风的。说来也怪，许是那天他们巡走的地域宽了，深了，不时地能碰到盗猎分子。追，紧追不放！就这样追着追着，离驻地越来越远了。天早就黑了，他们还在马不停蹄地追击着一股疯狂的盗猎分子。到了晚上，他们只能在野外宿营了。一辆吉普车就是宿舍，就是家。事前根本来不及考虑或者说考虑了谁也没有把它太当回事的问题突然难住他们了。四个人，三男一女，两床被褥，这就是说何艾琴得和一个男人共盖一条被子了。这对何艾琴来说，与其是胆量的考验，还不如说成是感情的考验。她怎么能接受这样一个现实呢？和自己躺在一个被窝里的是她老公以外的一个男人。不盖被子吧，这里的夜晚气温少说也有零下十多摄氏度，挨得过去吗？再说那位男同志，他当然不可能有什么歪想法了，自己的同志嘛。可那毕竟也很不舒畅呀！好啦，顾不得那么多了，由队长点名分配，点到哪个男同志就该他不自在去吧！何艾琴眼睛一闭，管他是谁来跟自己搭伙呢！不就一个晚上吗，牙一咬就过去了！

那一夜，真是太难熬了。她不说什么，也不好说什么，只是把被子拉过来递过去地来回折腾着，弄得与她共用一床被子的那个男同志根本无法入睡。其实她完全是一副好心肠，拉过来被子是因为觉着太冷想多盖点。递过去是因为又觉得自己太自私，还是让着点好。可那男同志就遭罪了，睡不稳实，无奈之下只好起身，坐在一旁闷着头抽起了烟。蒙蒙的烟雾悄悄地弥漫了整个车厢，呛人。这回不仅是何艾琴，另外两个男同志也无法睡觉了，他们抱怨他：你够缺德了，要熏死我们啊！那男同志只得摁了烟，呆呆地坐着。何艾琴见状，心里当然不安，便问那个“搭伙”的男同志：“你在想什么呢？”那男同志回答：“我别的不敢想，只是想睡个觉怎么就这么难？可可西里到底是容不得女人还是男人？你们各位能不能给我找个可以安身的另外一个什么地方，让我可以大胆地休息，这样我也就解脱了！”这话不仅是冲着何艾琴，连另外两个弟兄也捎带上了，他们听了光是笑并不说话。倒是何艾琴很不好意思地说：“将就着睡吧，大家都作难！反正都是熟人，谁也不会把谁怎么着。”显然这话里有话，绵里藏针，有几分警告。不用说是警告三个男人吧！她这么安民告示之后，像是吃了定心丸，很快就睡去了。呼噜！

女人的呼噜声打起来绝对不亚于男人。也好，权当催眠曲！

催眠？根本无法入睡。三个男人很幸福地坐着，你一言他一语地无话找话地抒发着各自的感慨。“真没想到女人也会打呼噜，而且打得这么厉害！”“嗨，那是因为你还没结婚，当然无法体验了。“我说，咱们三个干脆下车找一个什么地方睡去吧！”“你能放心地离去吗？小何一个人被我们丢在车上，出了事谁担当得起！”“今晚我们真正地当了回她的卫兵，为一个女孩幸福地失眠！”……

何艾琴倒是安安静静地睡了一夜。次日清晨，她见坐着睡得很酣的三个男人，热泪哗一下就涌出了眼眶。“大哥们，是我害得你们连觉都没法睡！”三个男人像商量过似的忙说：“不，不！人生多经历些事情是好事。我们都不会忘记可可西里这一夜的！”

第二天，他们继续向远处巡山，因为有信息说，那里有盗猎者活动。忙了一个白天，夜里又该在野外露营了。这晚情况稍有改善，他们借宿在无人区边缘一个小矿上，三个灰头土脸的挖金人像遇上了救星一样热情地迎接了他们。这无人区难得见到一个人，挖金人平常就是缺少和人说话。他们腾出地窝子，自己去帐篷里休息。地窝子不透风比帐篷里暖和，谁不晓得！其实挖金人是冲着何艾琴的，女人走到哪里总会得到特别的关照。挖金人精灵着呢，让她在地窝子里住一夜，那女人特有的气味好些天都能闻到。没承想新的问题随之而来，睡觉前何艾琴照例要上厕所，真难为这个女人了，荒天野地的哪里有厕所？平时这里的男人走出地窝子三步远就方便，还要什么厕所！何艾琴自然无法享受这种自由。她刚走出地窝子，一片苍茫荒野就无边无际地呈现于眼前，空空旷旷，黑灯瞎火，还有沙沙的响声不知从何处传来。她有一种走进偌大坟地的感觉，浑身瑟瑟发抖。她站在地窝子前不敢向前迈半步。这时一个年轻人出来，何艾琴赶忙说："我有事，你别管，你回屋里去吧！"年轻人说："我就是知道你有事才出来的，是队长派我出来保护你的。在这地方你一个人是做不成事的。"队长派人来看我？何艾琴无话可说了，没想到自己办这么点事还惊动了队长，派人保护？那年轻人很温暖地走到何艾琴前面，站住。何艾琴什么也不说了，紧紧跟着上去。年轻人头不回地前行，她说："行了，现在你可以回去了。"年轻人不肯走，他转过身背着何艾琴说："你开始吧，听挖金人说这儿野狼很多，其他野虫野兽的也不少。还有那些爱凑热闹的打工者，他们成年累月难得见个女人，馋极了！"他还要说下去，被何艾琴打断了："行啦行啦，贫什么嘴呀贫！"年轻人忙说："好啦，你就放心吧，我不会回头看的。"何艾琴又好气又好笑，这哪儿是上厕所呀！有苦难言，可又有什么办法呢？无人区就是无人区，一切都不能按常规办事。她像做贼似的匆匆忙完方便之后，正要起身，忽然见右边不远处有一点绿莹莹的光在闪烁。她马上意识到有狼，在家时老人多次讲过，狼到了夜里眼睛就放射着这种可怕的绿光。她赶忙起身一个箭步就跃到了那个年轻人跟前。手里还提着裤子。这时那男人还背对着她站着，根本不知道发生了什么事。她说，你到底还管不管我，狼都来了！年轻人这才如梦初醒，转过身冲着那两道绿光大声地吼叫了几声，狼一看今晚这帮人不好惹，便夹起尾巴溜走了。何艾琴满腹感谢，不由得对那男队员产生了一股深深的感激之情。俩人赶忙回到了地窝子。

　　时间像脱缰的马，从可可西里那野天野地的荆丛中不知不觉地流逝。人在改造环境，也在适应环境。每天夹在男人中间的唯一的一个女性，她不能逞强，当然也不可示弱。随意，顺大流吧。终于有一天何艾琴发现连她自己也渐渐地忘掉了自己的女性身份，这是值得高兴呢还是悲哀？她没工夫考究。她常常像男人一样自由自在地生活在无人区，不让人家关照，她照样生活，男性如果在生活上向她倾斜一些关怀，她也绝不拒绝。晚上她照例要出来方便，总会指名道姓地冲着任何一个男队员喊：喂，请帮忙！马上就会有人应一声：来啦，稍等等！一切都习惯了，确实习惯了，谁也不觉得有什么异常。这一个月的可可西里生活，她一辈子都不会忘记，太值得铭记了！

对于何艾琴闯荡可可西里的故事，对于她的坚守和她对男人的豁达，我都佩服，打心里佩服。谁都不容易！其实，人呀归根结底就是好好生活。什么是生活？生下来，活着，到了什么山上唱什么歌，到了什么地方走什么路，入乡随俗，就这个理儿。清高什么呢清高，为了生存，为了事业，就得往前走。猫起身子，既想躲狼又想避虎，最后说不定虎狼为奸一齐伤害了你，一事无成！

我按自己的意愿来可可西里这没有错，艳红以自己的兴趣跟我分手也没有错。我会把我的这个想法全部告诉艳红，当然首先还是要给她讲讲何艾琴的故事。何艾琴呀，她是一个比许多男人都要坚强都要宽容的女人！这样的女人，了得！

楚玛尔河畔的警牌

小藏羚羊的奶妈——山羊 / 一只被汽车撞得半死半活的藏羚羊 / 你是可可西里的卫士吗?

每天都巡山，每天都可以看到藏羚羊。看到它，想着它，心里就有一种希望，一股力量，就很幸福。

不尽如人意的事也是每天都发生着。我常常能看到那些被丧尽天良的盗猎分子残杀得肢体不全、倒在血泊里的藏羚羊，我的心如刀剜一样疼痛难忍。一次，我们在青藏公路楚玛尔河附近巡山时，看到有几只秃鹰在天空低旋，还不时发出几声贪婪的长而怪的叫声。不好，可能有情况！我们急忙跑到跟前一看，果然有一只刚生下来的小藏羚羊躺在草地上，母羊不知去向。小羊受了伤，浑身湿漉漉的，凝结着一块一块的血迹，四条腿在寒风中不停地颤抖。见我们来了，它用乞求的惊恐的眼睛望着我们，我们懂得那是在传递求饶的意思。我们不敢怠慢，赶紧小心翼翼地把小羊弄回帐篷。我们要给它养好伤，让它长大，再送它回到可可西里的怀抱中去。

可怜的小藏羚羊牵动着每个人的心,大家合计着给它取名叫“祖塔才仁”,藏语的意思是“长寿的藏羚”。大家从心底里为小羊祈祷，坚信受磨难的它必有后福。它无法吞咽食物，保护站的工作人员罗尼松玛就把食物嚼碎了再喂它。谁知小羊只是用小嘴巴闻闻，还是不吃。羊也娇气，不是妈妈的奶它就是不吃。我们直犯急，不吃东西还不饿坏它吗？我赶紧给保护区打电话求援，让他们想办法救救这只可怜的小羊。保护区的领导很重视这件事，立马派了两个人、一辆汽车，两天两夜赶到我们驻地，把“祖塔才仁”护送到了保护区,特地给它找了个奶妈——一只山羊。开始,奶妈不认这个干儿子,干儿子也不搭理这个奶妈，僵着。工作人员多次撮合、调教，终于使它们走到了一起。小藏羚羊吃了干妈的奶，身上活泛了，渐渐地长出了劲，可以勉强地站立了，还开始挪步。大家好高兴，像看到自己的孩子一样亲热，你抱抱他抱抱，小羊天天都生活在大家的怀抱里。其实，我们这些志愿者大都没有结婚，哪有孩子？现在抱着小藏羚羊却像抱着儿子一样亲，完全是一种感觉，珍爱小藏羚羊的感觉！

我们遇到的遗失在草滩上的小藏羚羊大多是幼崽。它们离开了父母的呵护后，根本无法独立活动，苦苦挣扎，非常可怜。其中不少活活饿死或被那些成天在草原上觅食的野兽伤害。为什么总有藏羚羊幼崽遗落荒野？对于这个现象我们开始并不了解其中的根由。后来，经的事多了，见的世面广了，才慢慢地解开了这个谜团。原来，盗猎分子每年猎杀的上万只藏羚羊，多半是怀孕或哺乳期的雌羊。它们身体笨拙行动不便，往往难以逃脱猎人的枪口。雌羊走后丢下了幼崽，孤独无助，很容易就被野兽和盗猎者抓去了！

没有妈妈呵护的身单力薄的小羊崽呀，你的活路在哪里？我们又一次目睹了你的不幸遭遇。

那天上午，仍然是在楚玛尔河附近的公路边，我们看到了一只被汽车撞伤的小藏羚羊。显然是撞后不久，它的四条腿绷直地躺在地上，嘴角和鼻孔还不时地往外冒血，身体尚留着余温。我实在不忍心看着它就这样半死半活地躺在荒郊野外等死，就建议把它抬到不远处的索南达杰保护站，赶紧抢救，说不定还可以让它活过来。

于是我们手忙脚乱地，又是抬又是拖地把受伤的小羊往屋里折腾。谁知还没有等我们进屋它就咽下了最后一口气。没有救活这只藏羚羊，我的心里难受了好些日子，一闭上眼睛它那可怜的样子总是浮现在眼前。

据保护站的同志讲，来往于青藏公路上的汽车，常常会轧死、撞死藏羚羊。这是很无奈的事。司机无奈还是保护站无奈或者藏羚羊无奈？说不清楚。动物虽然也有灵性，但毕竟不像人那么长心眼，尤其是那些出世不久的小藏羚羊，傻里傻气，它们看到公路上跑着的汽车很觉新奇，一点儿也不害怕，甚至会情不自禁地特意停下来，用疑惑的目光看这个从来没有遇到过的庞然大物。淘气的小东西有时还要和汽车赛跑，比比谁能跑在前面。逗你玩！不少藏羚羊就是这样丢掉了性命！当然受害的还有其他动物。为此，我们在楚玛尔河一带加强了巡查力度，提醒过路的司机这里是藏羚羊多年来自然形成的一条通道，汽车开到这儿务必减速慢行。大多数司机能听我们的招呼，为藏羚羊让道。也有个别司机仍然大大咧咧地各行其是，飞车照开不误。撞伤撞死藏羚羊的痛心之事时有发生。

看来，为了保护藏羚羊的安全，我们这些志愿者还得下功夫继续做工作，让更多的人自觉地和我们一起成为可可西里的卫士。很快我们就在藏羚羊经常通过的路口，用木板制作了一批警示牌，上面分别写着这样的警语：“藏羚羊是人类共同的朋友，你要善待它！”“司机同志，让藏羚羊从你的车前安全通过！”“手把方向盘，心想藏羚羊！”“可可西里是藏羚羊的乐园，作为藏羚羊的朋友，你使它快乐了吗？”等等。

警示牌上的这些字都是出自我的手。我是指警示牌上的字，写的字，而不是内容。你还别说，写得蛮苍劲的，撇似剑，捺如刀，真有那么一点警世醒人的味道哩！在学校里,我的毛笔字是很“臭”的，这是艳红爱意的评价。她总认为我写的那些字缩手缩脚的伸展不开，像怕冻着的蚂蚁。所以过去我从来不在稠人广众之地显露我的毛笔字，唯有在给艳红写信时才拿起毛笔，我就是要“臭”她。她呢，也乐于接受这“臭”。来到可可西里，我是这批志愿者中唯一的大学生，大家眼里正牌的知识分子，平时起草个简报、写个保证书什么的，非我莫属。写标语牌自然也是我的事了。也许是没有可比性了，瘸子里面拔将军。也许是站在世界屋脊上写字的缘故吧，我真的有那么一股无与伦比的自豪感，总之我是放开了手脚去写，提笔洒墨，成行而已。那些毛笔字写得还真有豪气，好苍劲！我在大家面前绝对地露了一手，过去没有机会施展的书法才华！

好些天没有给艳红写信了，今天一定要写封信，心里有话要说。我很愉快地告诉艳红我写标语牌的事，我说我进步了，毛笔字写得溜溜儿的利索。不信么，你看看这封信，用毛笔写的这封信。这是我来可可西里后第一次用毛笔给她写信，我在信的最后写道：你不是说我的字“臭”吗？现在看看，闻闻，不但不“臭”了，还挺美呢！可可西里美！

这仍然是一封发不出去的信。静静的夜晚，可克达拉草原上只留下琴声，可是可可西里却没有琴声。可克达拉——可可西里，都是可字开头，情况却是那么的不同！我的耳畔又响起了那支带着伤感心绪的歌：

……

想给远方的姑娘写封信

可惜没有邮递员来传情

……

告别可可西里之前，我和南武还有一次长谈。当然是在我读完他的这些手记之后。

我俩静静地坐在志愿者的帐篷里。

他给我讲了一个小故事。他说是昨天刚发生的故事，明天他们就要离开可可西里，返回老家了。

他说，那天他们巡逻到了一个很远的地方，半沙漠半荒滩的丘陵地带。路很难走，很是考验人。走了两个多小时也没有走出去，却意外地发现了一顶盗猎者的帐篷，人不知去向。他们在四周搜寻了半天，也没见到一个人影。看来是盗猎者遗弃的帐篷。当时他们口干舌燥，疲累至极。每个人的水壶早已腾空，拿出压缩饼干，口干得难以下咽。随行的藏族兄弟阿旺扎西用"挖坑埋饼"的办法为他们解了围，他将饼干分成四份，每人一份，包在手绢里，然后就地挖坑埋进。他们又去巡山了。两小时后他们返回原地，这时埋在土坑内的饼干已经浸湿。他们既填饱了肚子又解了渴。

南武的故事讲完了。他不再吭声，我直纳闷，他为什么要讲这么一个故事？

讲完故事的南武若有所思地停了好一会儿，才说："我和艳红的事到底会是什么结果，我当然盼着重归于好。我的等待是诚心的。我总是这样想，我到可可西里闯了这一个月，就像把我俩的爱情埋入湿润的地内，让那快要干枯的枝叶得以滋养。双方趁这个暂时分别的日子都静下心来认真反思反思，毕竟我们已经相爱了两年，难道就那么轻易放弃对方？可可西里为什么一定要成为我们爱情中不可逾越的鸿沟！”

我听出来了，也看出来了，南武很在乎艳红，爱她爱得很深。就连可可西里恶劣的自然环境在他们的爱情面前也应该退让三分。当初艳红不让他来可可西里，那已经是过去的事了，他不相信当他从可可西里回来站在艳红面前时，她不改变态度。可是他毕竟是个受到爱情伤害的人，心有余悸，举步维艰，三思而后行。迷茫的人呀，他的前面仍然是一团让他捉摸不透的云雾！

我理解他，给他也讲了一个故事——

这个故事同样是讲埋在土里的事，只不过埋的不是压缩饼干，而是种子。考古学家曾经在汉代古墓中发掘出一瓷罐种子，好几样，麦、花草等。这些种子竟然保存完好没有退化，科学家试着将其埋进土里，没想到它们奇迹般地发芽了。生命就是如此执着！

南武显然被我说的这件事震惊了，他望着我，却不说话。我说，种子不会在泥土里腐烂，因为泥土里有水分有养料。我想你和艳红的爱情种子也是不会烂掉，因为你有一份没有枯萎的感情，还有艳红教你唱会的那首《青藏高原》。这些犹如灯盏，让人仰望，终究会有光芒。

南武用心地听着，不点头，也没摇头。

他说，我实在不情愿看到因为我来可可西里当了一回志愿者，我心中的爱情大厦就轰然倒塌。爱上一个人是不容易的，如果是刻骨铭心的爱就更不容易了。同样舍掉一个所爱的人也是不容易的。

我们要是把爱情中的男女比作左右手，痛心地砍了其中任何一只手，最后到头只能装上假肢。要让这个假肢长出血肉恐怕是不可能了。受伤害的是双方。不要总把爱情当成儿戏，总把婚姻说成坟墓。有感情有基础的爱情也难免不经过曲曲折折峰回路转的时候，但只要有爱就应珍惜！

我咀嚼着南武的话。他来可可西里时带着对姑娘难以割舍的心情，离开可可西里时带着一沓无法发出的信，同样是难以割舍的心情。“我真的不能相信她会无动于衷！”这还是南武的话。他在爱河里陷得太深了！这是好还是不好？我想，起码不是什么坏事。爱，这正是南武走上可可西里和到了可可西里有所为的动力！他总是在渴望，渴望把一捧雪放在茶炉上煮得滚烫、芳香，与另一个人分享。可是往往苦与香都是他一人独享！

后来，我从可可西里回到了北京，常常想起南武这句话，想想我从来未见过的那个叫艳红的可爱而又任性的姑娘。如今，爱情在金钱面前变得廉价了，我总觉得南武和那个艳红不会这样，也不应该这样。他们的过程已经很苦了，结局为什么还要再苦呢！

今夜，京城的春夜，意外地落起了雪。除了雪还有风。雪跟风搅在一起，才能飘向远方。

远方，雪山顶有一轮谁都看得见的明月。

盛夏到可可西里拥抱冬天

我不知道要去哪里，也不知道我脚下是否走在路上。因为雪把整个可可西里都覆盖得纹丝不露，所有的路都消失得踪影全无。但是，我仍然有一种回家的感觉，仿佛走在回家的路上，披着雪花去见母亲。

我无论如何不会想到，车子一驶进可可西里迎头就遇上了一场大雪。瞬间，天地便白茫茫地难辨方向了。风挡玻璃上积满了雪，雨刮器不知比平日勤快了多少倍，加速刷洗着也打扫不出一块清亮的空间。汽车原地抛锚，待命。好在翻过前面那座山梁不远处就是兵站，车队派人联系食宿事宜。这样，我就有了一次难得的坐在驾驶室里观赏雪景的机会。

夏天落雪毕竟有别于严冬，给人总的感觉那风是弯的、雪是软的，爽润多于寒酷。停车不久强势的风就偃旗息鼓了，荒原变得静悄悄。绵白一览无余地呈现在眼前，这是我今生最喜欢的色彩了。

我浑身的筋骨都彻底放松了。那该是楚玛尔河吧？它以一条深绿色的激流，将雪原切成两半，一半是雪原，另一半还是雪原。低矮的天空下，雪把可可西里装扮得肥肥胖胖，层次不鲜明了，却有一种情真意切的感觉。

我的目光推开楚玛尔河畔，扫到了稍远一点的雪原上。我看到一群群怡然自得的藏羚羊、野驴、野牦牛，正恬静地低头啃吃着野草。竟然有只大胆的野雀啄在野牦牛背上，两相安然无惊。大自然和人类的和谐在可可西里演绎得天衣无缝，好个精彩！

我有过数十次穿越可可西里的经历，这使许多人羡慕不已。平日我所看到的那些杂乱无章的坑呀、坎呀，还有那些惹人扎眼的废纸乱布、破盒烂瓶，都被这场突降的厚雪重新整理，显出简洁而美轮美奂的韵致。我隐约记得就在距离我们停车不远的坡上，曾经有一间小屋的遗址。残垣断壁，破窗烂门，地角处结着岁月的黑痂。对此有二说，一说是当年修公路的人住的地窝子，二说是五十年前地质队员留下的遗址。我无法判断它的主人是谁，可每次经过可可西里我都会情不自禁地留步遗址前瞻望许久。风早把这儿的最后一缕热气吹冷，我还要寻什么？我想，曾经创造历史的人虽然走了，他们留下的小屋也荒芜得空旷、寂寞。但是，小屋仍然装着满满的故事，已经发生的故事，还在发生着的故事。

鬼使神差，我竟然不由自主地跳下驾驶室，向雪原走去。我不知道要去哪里，也不知道我脚下是否走在路上。因为雪把整个可可西里都覆盖得严严实实，所有的路都消失得踪影全无。但是，我仍然有一种回家的感觉，仿佛走在回家的路上，披着雪花去见母亲。想起了母亲曾给我搓揉冻得红扑扑的手背，想起了母亲倚门而立看着我堆起一个个雪人，想起了母亲坟头的苍白……满天飞飘的雪花落在衣服上，使我变得肥肥的。我伸手掸去积雪，衣服仍是干的，只有几滴浅浅的水印留着，瞬间即逝。

在雪地里转了几圈，还没有看到那个小屋的遗址。这时我仿佛才明白我下车是来找小屋的。

噢！小屋，魂牵梦绕的小屋。

后来，当我终于站在小屋的遗址上时，我真的后悔不该踏破雪层找到它。奇怪的是，那遗址却没有完全被积雪掩盖，露出斑斑驳驳的地面。就在一处避风的旮旯里，躺着一只已经死去的幼小藏羚羊。僵直的尸体上附着一块块分不清是雪还是冰的混合物，脏污的毛随着冷风抖动。藏羚羊的双眼很不甘心地圆睁着……

我的心沉重起来。

看得出这是一个吃奶期的幼小生命。许是找不着回家的路迷失了方向，许是在突然而至的寒雪袭来时到这儿来躲避，许是惨遭黑心的盗贼的伤害……又一个可爱的生命从它们蓬勃的队伍里走出，结束在这个死灰般的遗址上。这种时候我的脚再也不能轻盈，我只有删去梦中那些对小屋的怀恋，掏出手绢轻轻盖住了那双不甘心闭合的眼睛。

六月雪，猛猛地下着，风也大了起来。

可可西里，你何时让我心清手洁地走向明天？

遥远的可可西里

三小时前，一位女军人出生三天就因高山反应而夭折的婴儿，在这儿找到了亡灵归宿地。是两个女人掩埋了孩子，其中一位就是女军人，另一位是她的同事。当时她们不声不响地只是用手在戈壁滩刨挖了一个很大的坑，让孩子四肢展平地躺在了里面。

唐古拉山远远地立在地平线上。积雪皑皑。

太阳很毒。分明要把每粒沙子都蒸透、融化才罢休。

听，沙梁那边谁在唱？调调悲凄、悠长，给人的感觉歌声是从坟地里传来的——

生活像七彩霞，
那也是一幅难描的画；
生活是一片霞，

却又常把那寒风苦雨洒！
生活是一条藤，
总结着几颗苦瓜；
生活是一首歌，
吟唱着人生悲喜交加苦乐年华！

就这么几句词，反反复复地唱着，好像非要从那歌里唱出点欢乐来不可。却是越唱越凄惶，沙地里也似乎要渗出眼泪。女声？男声？实在难辨。

这本来是一首人们熟悉的、很欢快的歌，可是被这位难辨身份的人唱得完全不是那么回事了，你光跟着歌者那调调流泪不行，还得不断地刨根问底地想：这人怎么啦？哭爹还是哭娘？

悲伤是一条河，有的人用尽一生的力气也难以渡过。

当歌声猛然停了后，旷野显得死一样寂静。

歌声把河填平了？

这时，从沙梁上走来一只沙狼，接着又是一只，两只，三只……狼们走着，扫帚似的尾巴拖在地上。它们站住了，竟然排列得那么整齐，一共五只。一个个仰望着。是寻找那突然断了的歌声，还是在刚才的歌声中迷了路？

狼们在沙梁上蹲下，两只前腿撑在地上，像是要把自己的身子抬起来。那滴溜溜的贼眼消闲地、却是贪婪地瞅着不远处一个地方。

那儿是戈壁滩，有一簇不算大也不能说小的红柳，旁边是一个孤零零凸起来的沙包，如果沙尖长一棵骆驼草，肯定被野风早就拔掉了。那个唱歌人就坐在那簇红柳前，是一位藏族妇人。她守着一个坟在哭唱。但是，远看或近瞧，红柳前后左右都没有坟堆。

她确确实实是在哭坟。

三小时前，一位女军人出生三天就因高山反应而夭折的婴儿，在这儿找到了亡灵归宿地。是两个女人掩埋了孩子，其中一位就是女军人，另一位是她的同事。当时她们不声不响地只是用手在戈壁滩刨挖了一个很大的坑，让孩子四肢展平地躺在了里面。

一个没有坟堆的坟。

她们太了解这里的情况了，野狼会把戈壁滩每一个土包掘开，寻找填充肚子的食物。给娃儿做一个平平的坟，他会平安无事地睡在这里。女军人找到美仁达娃阿妈守护儿子的魂地。“阿妈，劳驾你了，孩子刚离开我还不习惯一个人住在这荒天野地里，你就陪他几天吧！”

“行！我们一老一少在这儿聊天，我还能给他唱歌儿。”

当女军人拿出500元现金作为酬劳递给阿妈时，她双手推开了。她不会为钱给这可怜的孩子做伴。她比谁都清楚这个出生才三天的娃儿的故事，愿意义务守坟。

沙梁上，那群狼仍在贪婪地望着那簇红柳，没有坟包，它们也嗅到了气味……

美仁达娃端坐着，怒目瞪着狼们。

对峙。

歌声又扬起来了，还是那么悲切，那么揪心。

她在哭唱夭折的小生命，也在哭唱孕育小生命的一对军人。

阳光下山上的积雪化了。雪泪……

可可西里的夜晚和白天都是宁静的。

横穿它腹部的青藏公路上虽然从早到晚都有进藏出藏的汽车在奔驰，但是当偌大的荒原把汽车的喧嚷声吸收（或者说是散扬开来）进去后，给人的感觉那些飞跑着的汽车像不停移动的无声图形。

此刻，深夜 12 点钟。坐落在青藏公路边的江河源医疗站里，还有一间房依然亮着灯光。这是军医胡明的家。他的妻子叶萍是医疗站的护士。他们是可可西里出现的第一个军人之家。

不过，现在这个家里只剩下了叶萍，丈夫胡明永远地走了！

疏星聚成的河流，悄然流坠在空空的戈壁。

整个医疗站像可可西里一样，被储藏着寂静的夜幕笼罩着。每一个置身于这种死寂里的人都会感到今晚这儿蕴含着巨大的悲痛。

偶尔传来的无法判断是什么兽类的啼叫也变了声调。

叶萍躺在床上，嘴里不住地念叨着儿子。她很想呼唤儿子的名字，可是他们还没有来得及给他起名字。

没有名字的孩子还算爸妈的儿子吗？叶萍伤心地哭了。

儿子永远地躺在戈壁滩不会回家了。儿子还不认识回家的路。

这时，美仁达娃慌慌张张地跑进屋，惊呼："不好了！一群狼冲上来刨娃儿的坟，我挡都挡不住！"

叶萍跟着阿妈疯了似的跑向戈壁滩……

就在那群狼捕捉到孩子尸体的腥味后，贪婪地吊起血红的舌头正要扒坟时，突然有三头野牦牛横冲直撞地跑来，和野狼厮斗起来。它们又是用长角抵，又是用前蹄刨，野狼难以招架，只得逃之夭夭。野牦牛斗败野狼也许是报复野狼对它们的某次侵扰，却歪打正着地保护了叶萍的孩子。

后来，人们从美仁达娃嘴里知道了这孩子的故事，知道了孩子爸妈的故事。三个路过可可西里的拉萨某运输队的司机的内心难以平静，立即自愿捐款，委托阿妈为男娃修了水泥坟，立起了墓碑，上面刻着：雪山儿女之墓——这当然是后来的事了。

一个父母还没有来得及给起名字的男孩！一个刚出生还没有得到人间阳光的温暖，就夭折了的顽强小生命！

雪山儿女连同他父母的故事，随着三个司机的车轮一传十、十传百地传遍了青藏高原。

故事需从一个不算遥远、却恍如隔世的年代说起……

话说江河源医疗站

时间：50 年代末

地点：可可西里草原，长江源头

高高的唐古拉山，终年堆积着厚厚的冰雪，像个臃肿的老人，默默地站立在天边。荒原上，成群的藏羚羊、黄羊、野驴、野马……在悠闲地吃着草，偶尔从青藏公路上驶过，飞哨似的车笛拖着余音久久不散，那些野生动物们受惊，撂蹄飞跑向远处。

车过，笛息。可可西里又恢复了宁静。

这儿是青藏无人区的一部分。

不是没有人，而是没有人久住。

常常有些汽车兵因为抗拒不了高山反应的袭击，把命丢在荒野。于是，荒草中耸起了一个又一个坟堆。很快坟堆上就长起了野草。

这里需要兵站，兵站上才有救命的医生！

时光流逝到60年代初。

兵站倒是建起来了，而且是三个：楚玛尔河兵站、沱沱河兵站、温泉兵站。但是，每个兵站就编制一个医生或卫生员，根本无法与高山反应抗衡。

荒漠上的坟堆每年都在增加，增加……

有位上拉萨的过路人，望着满眼的荒滩上那些很不规则的坟堆，建议在这儿修个烈士陵园。

在无人区修陵园？笑话！

可可西里终于有了医疗站，取名江河源医疗站，这已经是70年代中期了。胡明和叶萍就是这时候来到医疗站的，胡明在前叶萍在后，都是医疗站第一代人。

江河源医疗站是个不大不小的、没有“户口”的“黑单位”。说它不大，是因为全站的医务、行政人员最初只有8人，后来才逐渐增加到20人；说它不小，是因为这个不起眼的小小医疗站，担负着每年都要十多次翻越唐古拉山的4个汽车团指战员的医疗保障任务。当然，进藏出藏的军地旅游人员来求医，他们也都是热情接待；那么，“黑单位”呢？因为在部队的编制序列上没有它。这，说起来话就长了。

20年前的某个夏天，军委总部的一位中将来青藏线视察，到了唐古拉山下的长江源头兵站。将军破例地在这儿住了一天一夜，找了不少于50名官兵和过往人员谈心。他了解到经常有人在这座“站在山顶双手能抓天”的地方望而却步，有严重的高山反应，有的甚至把命丢在了这里。将军还特地走看了那片戈壁坟地，他的眉头皱成了一团，问：医院呢？回答：报告首长，这里没有医院，有了小病忍着，得了大病要跑 800 里路到格尔木去找医生。将军的皱眉仍然没有松开，他骂人了：什么手掌（首长），我还没有你们的脚掌高呢！不是吗？你们的脚下就是 5000 多米呀！我说这些搞编制的人真他妈的浑蛋，最需要医生的地方偏不建医院，白吃饭！我做主了，这儿必须有救战士命的医生。当然我没权批准你们建医院，但是设个只有十人八人的医疗站总可以吧！

江河源医疗站便应运而生。

按照将军的指示，从全军抽调了一批优秀医务人员到医疗站。将军的侄女叶萍就是在这时候，从北京军医学院来到唐古拉山下的。

遥远的白房子

医疗站是清一色的平房，在空中悬着。

悬空房？

原来房屋下面是一片空洞，没有地基。整个房屋是用一根根水泥柱子托着，空洞的深度有三四米。

悬空盖房与高寒区的永冻层有关。

可可西里虽然地处青藏高原永冻层区域内，但它不像唐古拉山巅的永冻层那样，终年都冻得硬邦邦永不开化。它是季节性永冻层，到了夏季最热的日子里，永冻层就会出现一定厚度的冰消雪融层，使地面变得软绵绵，承重能力下降。又由于早晨、中午、下午太阳光的强度不同，季节性永冻层融化程度也就呈现出深浅不一样的状况。这样在修建房屋时如果将地基打在地面上（即冻土层之上），房子就会随着不平坦的融化层而倾斜，甚至坍陷。防止这种现象的唯一办法，是掘地三四米，穿过永冻层打地基，之后再筑铸起一根根水泥桩基。这些桩基支撑着整座平房或楼房。

悬空房便由此而来。

江河源医疗站的两排悬空房，是最早出现于可可西里的建筑群。白亮白亮的墙壁使它在这片荒原上格外惹眼，几里路外就能瞅得见。“医疗站快到了，加把劲快走，那是咱们的家啊！”汽车兵们一瞅见白房子总会这样兴高采烈地说，踩着油门的脚底狠劲一踏，车速快了许多。

汽车兵们渴盼快一点赶到白房子，自然是因为有头痛脑热的不舒服之感想求医求药，但是还有一点埋在心底的秘密（其实在他们中间是公开的秘密），这就是急于要见到医疗站的女医生、女护士。在青藏线跑车的汽车兵们好像在与世隔绝的另一个世界颠簸，在这儿野生动物举目可见，那些善跑耐寒的野驴、黄羊常常和汽车赛跑。但是想见个人，尤其想见个女人，那是很难的。要不怎么称无人区呢？传说，有一个兵在唐古拉山兵站服役三年，穿行唐古拉山 40 余次，只见过两个女人，还都是老太太。一个是他母亲，老人家想到独生儿子去了那么远的地方当兵，很是牵挂，在老伴的陪同下千里迢迢上山看望了一次儿子。另一个是一位藏族老阿妈，她得了急性阑尾炎，从深山出来求医，因为候车在兵站住了一夜。兵们的生活之单调心头之寂寞便可想而知了。世界本来就是由男男女女合理组成的，缺了任何一方都是亏损，从而失去了心态上的平衡。

遥远的可可西里。

汽车兵们从瞅见白房子那一刻起，心就热乎起来了。不过，他们并不急于进医疗站，而是先在距医疗站 5 公里处的通天河里把车冲洗得干干净净，然后，再把头埋进水里，扑噜扑噜地痛痛快快洗个脸。总之，人和车不带征程上半丝的烟尘和油腻。因为医疗站上有穿戴整齐的白衣天使，她们那压在眉梢的白帽就足以让人推想，如果世间的女子都像她们这样洁净，人心肯定会变得没有一丝污垢。

兵们进了医疗站后，首先要一个个接受护士们测量血压、注射疫苗、发放预防感冒的药物等必要的程序。然后才是有病者对号入座地找有关医生问病，开处方。毫无疑问还在他们并不熟悉该找哪位医生对症看自己的疾病时，又是护士们来充当向导。

遥远的白房子此刻都装在了兵的心里。

这些平日开玩笑开得不可收拾的兵们，这时候一个个变得老实极了，没有一个人出声，连走路的脚步都是轻抬慢放。因为他们把在医疗站的这段有限的时间看成难得的一种享受，而任何享受都应该是悄没声息的。

的确是很有限的。医疗站最初只有两个女护士，其中就有中将的侄女叶萍，另一个叫阿袁——她的本名袁明芳。不过，大家都叫她阿袁，本名仿佛被人忘记了。

平平常常也快乐

其实，悬空而建的白房子里的医生护士们，生活得很寂寞很单调。生活中的每个人，各人为各人活着，各人有各人的苦楚。这是外人很难体会到的。

医疗站的节奏紧张吗？确实紧张。抢救起病人来一个人巴不得顶两个人忙，太阳拽着月亮，可可西里没有了昼夜之分。

医疗站的节奏松缓吗？确实松缓。有时候，门前的青藏公路上断了来往的汽车，没有人踏进医疗站的门槛，死寂沉重地笼罩着白衣战士的心。特别是夜晚，整个可可西里蜷缩在夜色里打盹。白房子已经在此时褪去了自己的颜色……

熬死人的无人区的昼夜啊！

慢慢地，这些医务人员终于费尽脑汁地琢磨出了找乐的办法：自己做饭吃。

把吃饭作为找乐的事这恐怕只有在可可西里才能见到。人在平庸的日子里，做出任何一件在局外人看来很无聊的事都是合情在理的。需要指出的是，这里所说的无聊不是生活中没有女性。因为这是发生在一男两女间的事。那么该倒过来说了，缺少男性。

开初，医疗站一间简陋的小食堂包揽了全站所有男男女女的吃饭问题。上顿下顿毫不例外都是一成不变的老三样：白菜、萝卜、土豆丝。能有不吃腻的一天吗？胡明、叶萍、阿袁是向这种淡而无味的伙食宣战的先行者。两女一男，自由结社，组成一个单独的伙食单位，另起炉灶，自己做饭。他们把这叫单身汉里的“临时家庭”。胡明是家庭主男。主妇呢？暂时空缺。

第一个“临时家庭”一亮相，接着，相继出现了第二个、第三个……我们在此自然只陈述第一个了。

不用说，胡明是厨房的大师傅了，负责炒菜，做主食。叶萍专管淘米、洗菜。剩下的那位女士，什么活儿也不会干，专门负责吃——她从小就很少干家务活，来到可可西里高山反应比别人都严重，也无心“补课”了。胡明很大度，用能包容一切的口吻说：“阿袁，你也别不好意思，任何事情都有两面性，红与白，闲和忙。合理合法。就拿我们这个家庭来说吧，总得有人剥削别人，也得有人被人剥削，我和叶萍就心甘情愿地受你剥削一次吧。你就放开肚皮吃，吃多少我们都保障供应。”阿袁受之有愧，说：“胡哥，你这是损你的傻妹子吧！等着瞧吧，总有一天我要让你对我刮目相看。阿袁也有两只手，绝不坐着吃闲饭！”这是“文革”中的语言，她也学会了。

胡明高人一筹的地方如果仅仅在于把菜炒得香喷喷，让两个小妹吃得满嘴流油，那他这个家庭主男不能算完全称职，早该引咎辞职了。他的长处是幽默，会逗人。也怪，只要一掌勺，他满脑子都是笑话，随便蹦出一个都会让你捧腹大笑。你看，这会儿他要卖弄他的炒菜绝活了。他把锅端起，抖了一下，菜便从锅底腾起在空中翻了个跟斗，又落到锅里，一丁点也不外洒。他说：

“别看这一手，你们要掌握它，且学着呢！我是拜了三个师傅，磕了三七二十一个响头，又练了七七四十九天，才算马马虎虎地能让菜在锅里翻身了。对啦，这叫翻身，不叫翻跟斗，孙悟空才叫翻跟斗。”

叶萍哪里信他这一套瞎掰，便打破砂锅问到底：“姓胡的，你能不能告诉我，你从的是哪三个师傅？”

他十分严肃地回答：“我妈算一个，我奶奶也算一个，外加我们隔壁的二大爷，这不是三个师傅吗？”

阿袁听了像被针尖戳了一下尖叫起来：“我的妈呀，这都是些什么角色，大老娘们，老少爷们！这样的厨师用火车皮都拉不完。”

叶萍哭笑不得，她从胡明手里夺过炒菜铲：“就你这两下，谁还不会？”她说着便端起锅就撂菜，第一下没成功，又撂第二下。

没想，连锅带菜一起扣在了炉子上，“扑嗞”一下，满屋都像着了火，喷散着油烟味。

胡明着急了，赶紧收拾残局。叶萍吓得双手抱着头直哆嗦。阿袁在一旁抱怨：肚子早就饿得咕咕叫了，这一来又得拖延开饭时间了。这阵子她不知从哪儿来了一股勇气加智慧，索性动手做起了饭菜。

完全可以想象得出，阿袁做的饭菜是什么样！菜是半生不熟，又咸又辣。米饭是不稀不稠一锅糊糊……也完全能想象得出，这一顿饭三个人吃得很开心，很充实，有滋有味。毕竟是第一次掌勺做饭，阿袁还得意地喝了几杯，叶萍跟着乐，与阿袁对饮。两人都醉了。

胡明始终很清醒。

当他分别把两个醉女抱到各自的床上时，觉得好沉好沉。女人原来这么沉。是不是醉女更沉？

他很幸福。

他们要的就是这个结果，而不是为了吃饭。

“临时家庭”好快乐！正是从那一次起，阿袁有了变化，她不再专门负责吃了，而是接过了叶萍手中的活儿：淘米洗菜，做主食。她对叶萍说：“萍姐，让我干活吧，你歇着，胡明心疼你呢！”嘴里虽然这么说，她的眼睛却一直望着胡明。她希望能换来胡明几句话，胡明却没吭声，光是笑。

后来，外面有一种说法：“临时家庭”有主妇了，她就是叶萍。

叶萍听了没表态，连胡明也像没事人似的不说话，只是淡淡地笑着。

平平常常的日子继续平平常常着……

流氓狐狸的闹剧

“临时家庭”的男男女女随着日出月落的自然轮回，有苦也有甜地打发着在可可西里单调而漫长的时光。人生在世毕竟不是为吃饭活着，吃饭带来的乐趣总是有限的。

白房子的主人们继续自得其乐地制造幸福。

如何制造？沙梁上的赤狐知道。

悬空房的窗户——其实不能算严格意义上的窗户，它没有窗棂，只是砌墙时留下的一个不大不小的圆洞，里外各有一块堵板。当它洞开时，极像碉堡的枪眼。掀起窗板，浩瀚的戈壁滩就呈现在眼前。在你未走进戈壁对其缺乏了解时，总是把它跟荒凉、单调联想到一起。然而，荒凉是客观存在，单调就未必了。

出现在悬空房窗户洞主人眼里的戈壁实实在在是多姿多彩的。

那道并不算高的沙梁，顶多不过百米远，站在窗洞里面连上面被风吹皱的一道道水波纹似的沙折，都看得十分清楚，整齐得好像是工艺人用刀刻出来的。沙梁上稀稀落落地生长着一簇簇骆驼草，草棵在风中东摇西晃地滚动着，仿佛随时都会滚跑，但总是不离原地地滚动。你不能不佩服赤狐用精明的智慧选择了这样一个能掩护自己的嬉闹场所，它们在骆驼草中间追逐、打滚、撕咬，粗心人很难分清真伪，误把它们当成了草簇。

“临时家庭”的成员几乎每天都要倚窗看赤狐闹沙梁的景致。赤狐出穴嬉闹的时间多是在中午，日头当顶，气温暖暖，玩得才舒畅！

赤狐为什么临人不惧地把嬉闹的场所选在了医疗站窗前的沙梁上？自然是“临时家庭”成员对它们爽心悦目的欣赏，纵容了它们不惧怕人的胆量。

“狼行山脊，狐行山谷”，这句民谚在这里不适了。本来狐狸怕被人发现才走山谷地的，现在既然白房子里的主人情愿参观它们闹腾，滑头狐狸便投其所好，就走上了沙梁。

这是一个十分难得的隔窗观赏赤狐嬉闹的极好机会。起码在阿袁看来是这样。周日，叶萍在病房值班。午后，阿袁敲开胡明的门，轻脚慢步地走了进来。她一把夺过胡明手中的关于治疗高原常见病100例的薄册子，说：“胡哥，你就不知道放松一下，书能把人看呆的！”胡明说：“好我的阿袁小姐，我几乎从早到晚都在病人身边泡着，难得有个看书的时间，怎么会变呆呢？”阿袁不容胡明再说什么，就把他推到窗前，说是沙梁上有好景致看。

只见几簇骆驼草在风中摇晃。

胡明失望地摇摇头，又拿起了书。阿袁却表现得很有耐心：“胡哥，别急，还有好戏没出场呢。”

胡明这才似乎明白是怎么一回事了，说：“阿袁，你真有这样的闲心……”

原来这个季节是赤狐发情的时候，每天它们成群结伙地在沙梁上放纵，或者在别的地方干完好事后来这儿“休闲”。亏得阿袁对赤狐的行动观察得如此仔细。

流氓狐狸。

不一会儿一只肥胖胖的赤狐从沙梁那边爬了上来。它站定，四下里观望了一下，便用一只前爪洗了洗脸，才慢慢地在沙梁上走着，很是一副酒足饭饱的悠闲样子。

“是只母的！你瞧那眼圈红红的，连屁股也是肿乎乎的，肯定刚做完美事。”阿袁到底是阿袁，别人难以启齿的话，她能说得津津有味。

这时，又一只赤狐爬上了沙梁，它的个头显然小多了，一上来就冲着那只肥胖赤狐跑去。肥胖赤狐躲闪着，跑了，小个头赤狐紧追不放。

肥胖赤狐跑出好长一段路了，小个头见追不上无望了，折回身走了，一直朝另一个方向走去，走出了好远。

肥胖赤狐这时索性不走了，站在沙梁上冲着那只远去的小个头嘿嘿直笑——它也能笑得那么灿烂。

阿袁来劲了，说："胡哥，上，捉住那家伙，逗它一回。"

"逗？咋逗？"胡明显然也有了兴趣，他放下了手中的书。

阿袁拽着胡明出门，上了沙梁，直奔那只赤狐而去，她边走边说："胡哥，你放心好了，我不会伤害狐狸的，因为它属于保护对象。"

赤狐像人似的在沙梁那端兜着圈散步，走近了，阿袁眼睛一亮，说："胡哥，你瞧，狐狸的毛皮像缎子一样，滑溜得喜人，还有那双蓝莹莹的眼睛美极了，我真想搂住它亲一亲！"阿袁说着紧跑几步，又逼近狐狸几步。

赤狐撒开灵巧的腿跑了，跑得并不快，好像是要阿袁追它。

阿袁撵了上去。

赤狐三蹦两跳地窜上了一个沙岗子，站定，回过头望着阿袁，那神气分明又在示意阿袁追它。

阿袁继续撵过了几个沙岗子，赤狐便消失在沙海里，不见了。她站在原地若有所失，恍如梦境。

胡明一直跟在阿袁身后，这时他说话了：“精明的袁小姐，你也有犯傻的时候，狡猾的狐狸是故意引你走开的，刚才狐狸站着的那个地方，是它的老窝。窝里肯定有狐狸的小崽子。”

阿袁半信半疑：“是这样吗？狐狸也懂‘金蝉脱壳’的道理？”

“不信，咱们返回去看看。”

他们回到了刚才的地方，一看，果然一窝活脱脱的小狐狸正吱吱哇哇地乱叫着，旁边站着一个人正冲着小崽子们说话……她？叶萍！

“是你？叶萍！”阿袁和胡明几乎同时惊叹道。阿袁的吃惊显然更明显些。

叶萍倒显得很平静，对阿袁说：“下班回来不见胡明，也找不到你。心想你们可能到了这儿，就追了上来。”

阿袁很在意叶萍这淡淡的有分量的话，便解释道：“叶萍姐，我可是头一回来这里，不信你问胡哥。”

胡明说：“我相信咱们都是头一回。走吧，该做饭了，阿袁，你当大师傅。”

阿袁不吭声，跟在胡明和叶萍后面磨蹭着。

有人欢乐有人愁

阿袁掌勺炒菜是绝对有先决条件的，只有胡明在场时她才愿意露一手。“为一个男人而活着”——这是她的人生名言。那天从沙梁上回来，她心里虽有所不悦，但还是有滋有味，她炒了几个让胡明和叶萍都赞不绝口的菜。她不愿去回想在沙梁上遇到叶萍时自己那个尴尬相。叶萍你为什么要出现呢？平心而论，叶萍每次出现在她和胡明中间时，她就觉得自己成了多余的。怪了，怎么会有这种感觉？她暂时还没想得太明白，也不愿意去多想。

没有胡明看着她炒菜，或者说菜炒好了没有胡明去品尝，她简直觉得还待在可可西里有什么意思？

当一个女人只为一个男人活着的时候，她往往失去了理智。

遗憾的是，胡明太忙了，而且越来越忙。他无法满足阿袁的要求——天天看着阿袁炒菜。作为医疗站的业务骨干，许多病人都离不开他，尤其是上手术台，没有他几乎不行。这样，胡明就经常难以按时下班。做饭的事很多时候是由叶萍和阿袁去完成，而阿袁呢，少了胡明这个动力她就没有了精气神，懒得动手。实际情况是由叶萍一个人忙里忙外地张罗着三人的饭。阿袁便重操旧业——专门负责吃。

这样的事是经常发生的：叶萍把饭做好了，仍然不见胡明回来。她受阿袁之托，站在“悬空房”前朝病区方向眺望。当她老远瞭见胡明从远远的另一栋“悬空房”走来时，便大喊一声：阿袁，人回来啦，开饭！

这时候阿袁才手忙脚乱地围起围裙忙起来，给人的感觉她真的是这个“临时家庭”里的主妇，家里的一切活路都是她一手操办的。这不叫演戏，这是阿袁的真情的自然流露。

没有人去计较或追究这里面的奥妙，叶萍也好，胡明也罢，包括阿袁自己，都抱着各自做了记号的专用碗，用筷头不停地往嘴里刨着饭菜。吃得好香！为什么不言声？

阿袁的饭量明显地减少……

高原军营单身汉的生活，就是这样无拘无束，充满乐趣而又谨小慎微地消逝着。谁都会觉察到这里面有一种显而易见的、却又是谁也不愿挑明的难言之痛。

有人欢乐有人愁。欢乐的人有愁，愁者也有欢乐。生活原本就该这样。

那是叶萍 20 岁生日那天，早晨起床后，她还记着今天是自己的生日，可是等上班忙忙乎乎地在病房工作了一天，又累又饿，傍晚下班回到宿舍竟然把生日的事忘得一干二净。吃罢晚饭，她又没精打采地坐在了电视机前。银屏上花花绿绿地放映了些什么，她全然不知。胡明进屋问她：

“晚上有什么安排吗？”

叶萍不假思索地回答：“这不是已经有事干了吗？看完电视就睡觉。”

“就这么过生日？”胡明问得很诡秘。

叶萍这才想起生日的事，很不好意思地说：“你看我忙得晕头转向，亏你还记着。谢谢！”

说话时叶萍脸颊飞上了两朵红云，这是她第一次在胡明面前有这种极不自然的表情。难道女孩的心里装上一个男人就是这样的表情吗？

胡明为她解围，说：“忘了没关系，再捡起来。改变一下你原先安排得不合乎人情的计划，今晚放松放松，散步去。”

“去哪里？”

“戈壁滩。无边无际，一直走进昆仑山的怀抱。”

“你真会浪漫！”

深夜，在戈壁滩……

月亮很亮很大。那是因为高原的天空很低。

蓝天拥抱着明亮的月儿。

极度的静谧使戈壁滩显得无限的空旷，今晚因了一男一女的这两个军人的出现，更加寂寞。

胡明心旷神怡。他觉得这镶着明月的天空是属于自己的天空，这铺着一层银色月光的戈壁滩也是属于自己的戈壁滩。连他也奇怪，来到可可西里医疗站已经一年有余了，为什么今天才有这种甜蜜的感觉？

他看看身边与他踏着同一节拍走在戈壁滩石子路上的叶萍，叶萍低着头，不说话。

“变成哑巴了？”他问。

“你说话了吗？”她反问。

俩人笑了，开怀地笑着。笑声无遮拦地滚动在空旷的戈壁滩上。

叶萍深深地吸了口气，又长长地吐出。

“缺氧？”他问。

“不，今晚的空气真新鲜！”她认真地回答。

谁都知道，这里空气中的含氧量只有内地的一半，何谈空气新鲜？这是叶萍独到的发现——缺氧的美丽。

戈壁滩静悄悄。月亮仿佛有意地下降了许多，要给这两个军人更多的月色。他们踏在碎石地上的脚步声传得很远，也脆亮，有时不得不产生错觉：有人从远处向他们走来。

静夜，踏月戈壁行，心旷神怡。

“胡明，可可西里的夜真美！”

“是今晚才发现的吧？”

“我从来就没有在夜里走过戈壁。”

“这就叫不会享受生活。其实生活中到处都有美，包括这个人烟稀少的可可西里。”

“有这份闲心吗？再说即使有了闲心，也没有那个胆量，荒凉的戈壁滩狼虫虎豹多的是，不把人吃了才怪呢！”

“今晚不是在戈壁滩散步来了吗？狼在哪里，雪豹又在何处？”

“这不有你陪着嘛，把那些野虫虫都吓跑了，躲得远远的。”

“叶萍，实话说，是你陪着我，要不我也不敢一个人出来的。”

“真的？”

……

戈壁滩很静，静得使此刻走在这里的每个人觉得自己的五脏六腑都深深地渗入了地心。

戈壁小路在朦胧的夜色中曲里拐弯地伸向远方。胡明和叶萍默默地走着，脚踏沙石的声音更脆了。他俩都有一个心愿悄不声地揣在心里：小路，变得长一些，再长一些吧！

谁也不说话。他们踏着无声的节拍走着。夜在他俩的脚步声中消失，也变长。

突然，叶萍捅了捅胡明的胳膊，说：“听，有声音？”

吱啦——吱啦——

由远而近，由小变大。时而清亮，时而模糊。

俩人站定。两颗心在加速跳动。夜里，戈壁滩除了动物还会有什么呢？可可西里是动物的乐园，他们首先想到的是狼，或者狐狸。

狼，要伤人的。狐狸，这家伙卖骚。到底会是什么呢?

声音近了,一个黑影。更近了,好像是一个人影。越来越近了……

显然，对方也发现了胡明和叶萍。

双方相对而立，默默地望着。他们都已经知道对方是谁了，可谁也不开口。

戈壁滩无限地扩大它的空旷，寂静……

胡明转身给叶萍说了句什么，便朝前走了两步，说：

“阿袁，夜里一个人出来不要走得太远，戈壁滩太荒凉。”

“我非常感谢你的好意，不过我不需要你的关爱，难道你不认为自己心里已经装上了你需要装的人。”

“阿袁，你心里再有委屈也不能一个人出来乱走。你知道这是在什么地方吗？”

“什么地方，我当然知道，你也知道。我倒要问问你，你知道你是在跟谁说话吗？她不是需要你关心的那个人。”

“可是她是我的战友，我的同志，我的好朋友，我有权利不让她在这荒山野岭乱走，因为夜里这个地方什么样的事都可能发生！”

胡明真的一急，阿袁倒显得平静了许多。她说：“你就不要为我操心了，有它给我做伴，给我壮胆，不会发生什么事的。”

这时，胡明和叶萍才发现阿袁怀里抱着一团黑乎乎的什么活物。俩人惊愕，胡明问道：

“那是什么？”

“藏羚羊。”

“国家一级保护动物，你……”

“我并不打算伤害它，只是让它陪陪我，解解闷。”

胡明和叶萍一时不知该说些什么才好……

原来，楚玛尔河畔有一户藏族牧民，祖辈放牧，经年累月和野生动物打交道，却从来不伤生。头些年总有不少黑了心肠的人白天黑夜地在可可西里猎杀藏羚羊。老牧民一家看着倒在枪口下的一只又一只藏羚羊，多次对天祈祷，让苍天保护大地上的生灵。善良的牧人在草滩上总会遇到一些受伤的藏羚羊和丢失的藏羚羊小崽子。另外，还有那些秃鹫，它们从高天上扑下来，捕获藏羚羊，常常一连扑倒几只，可是只能吃掉一只就填饱了胃。把其他被咬伤的藏羚羊扔在草滩上。牧民心疼万分地抱起这些没有家园生命脆弱的动物，专门腾出一顶帐篷作它们的生息地。老牧人发誓，等它们的伤好了或可以独立生活了，便放回草原……

阿袁说，她怀里的这只藏羚羊崽子就是从老牧人那里借来的。

胡明不相信这个“借”字，因为他非常清楚老牧人爱羊如子的性格，他绝不会轻易给别人“借”他这些心肝宝贝的。

“阿袁，说老实话，你是怎么拿到这只藏羚羊的？”胡明的口气非常严肃，显然他要发威了。

阿袁低着头，一语不发。

胡明逼问：“阿袁，你必须明明白白地告诉我，这只藏羚羊到底从哪儿来的？”

阿袁也生气了，吼道：“你不要逼我了，我把它送回去还不行吗？”

说罢，她就转身慢慢地走向夜幕笼罩的远方……

胡明跟了上去。

叶萍原地站着没动，眼里噙着泪水……

阿袁当了饭店老板?

仿佛一切都没有发生。“临时家庭”又像过去那样运转着。变化自然还是有的，只是外面的人谁也没有心思去留意它，唯有胡明、叶萍、阿袁他们自知。

应该说阿袁的变化被胡明和叶萍看得越来越清楚了。她好像要弥补什么缺憾，又好像要摆脱什么苦恼似的在改变自己昔日的形象。三人的吃饭问题，从采购到把饭做熟盛到碗里，她全包了。下班后她总是火急火燎地赶到大家前面回到宿舍。等胡明、叶萍进屋，她已经把饭菜做好了。她很少说话，却把饭做得很可口。她眼里闪烁着亮亮的东西，莫不是泪花？她却笑了。

阿袁，你为什么要变得这样?

各人都在默不作声地吃着饭，谁也不说话，筷子往嘴里扒拉饭菜的声音，牙齿咀嚼的声音，好像比平时放大了好几倍，很清脆，又显得很孤独。

阿袁的脚下卧着那只小藏羚羊，这回真的是她从牧人家里“借”来的。她对牧民说，她一个人的日子过得太寂寞，需要找个伴。牧民答应了，只是再三叮嘱她一定要善待藏羚羊，吃住不能让它受亏。

这是一种看似和谐实则很快就会分裂的僵局。胡明再也不愿让这种刺人心疼的局面无限拖延下去了，一个周日乘叶萍值班时，屋里只剩下他和阿袁了，他和阿袁又坐在了窗前。自然是胡明主动找阿袁的，她并没拒绝。无心观赏赤狐，只想聊聊天。

“阿袁，近来你忙得够累了，该休息休息了。总是你给咱们做饭，我们的劳动权都让你夺去了。我们很过意不去。”

“我情愿干的事，从来不觉得累。你也不必在意。”

“能不在意吗？你也像大家一样，天天忙着上班，白班、夜班，连着干。又是在这个缺氧的地方，再这样下去身体总有一天会垮掉的！”

说到这份关心，阿袁突然有些承受不了，问：“胡明，你是真的关心我吗？”

“那还有假吗？”

“我看你是假惺惺地说些漂亮话罢了。你心里有谁，我能看不出来吗？”

“这是两码事，我是以咱们‘临时家庭’成员的身份关心你的，你是我的好同志！”

“留着你的关心吧，会有人接受它的。”

阿袁说毕，一甩手，出了门。

这年年底，阿袁随着部队一年一度的复退大潮转业到了地方。具体是什么地方，说法不一，多数人说她在拉萨开了个饭馆，当起了小老板。阿袁走时把小藏羚羊留在了医疗站，并没交还给牧人。她没说这是为什么，但胡明和叶萍似乎都明白。

“临时家庭”只剩下了胡明和叶萍。按说这一下，他俩该有充足的时间敞开胸怀说说心里话了。谁料，又一个人的出现使事情趋于复杂化……

两个男人议论同一个女人

横穿可可西里的楚玛尔河有时断流，有时又激起漩涡，它就是这样不规则。其实这些都不可怕，可怕的是它突然间拐了个弯。这时水往往要溢出河床，这个地方倒不担心它会淹着人，而是比油还金贵的水一旦溢出来，整个楚玛尔河立即就变瘦了。

可可西里能没水吗？

许多人替水死了，为了让水活着。

叶萍的男朋友从京城来到了可可西里。当然，他不可能不打招呼就上高原，但是叶萍一直认为他是说着玩。因为他多次在信里写道：那个鬼地方，人才不去呢！

但是，他来了。他是抱着最后的一线希望来的，要叶萍调离可可西里，跟他回京城。

叶萍不会服从他，当然他也不会为难她。她似乎没有怎么犹豫就把男朋友交给了胡明，让他给安排吃住问题。"一切由你去管理他了，我实在不知该怎么办。"胡明忙说："这不合适吧！"

"没什么不合适的，你知道该怎么办。"

叶萍这么放心地把男朋友交给胡明，原因有三。第一，他是"临时家庭"的户主，找他是顺理成章的事。第二，男朋友住在哪里着实叫她作了难，医疗站没空房子，可可西里更无招待所，索性让他和胡明滚在一个床上得了。第三，也是最主要的一条，她心里已经越来越没有男朋友的位置了，把他交给胡明既可以表白自己这个心思，又可以让男朋友从中明白点他应该明白的事情。

胡明不会狭隘到让叶萍的男朋友觉得高原这个鬼地方的人都像

鬼一样不近人情，他的接待是满腔热情的。第一次见面是在叶萍在场的情况下两个男人的手紧紧握在一起。男朋友马上就有感觉了：好人！把心劲都用在手上了，我一下就觉得这个寒冷的地方有了温暖。夜里，两个大男人睡在一张单人床上，挨得很紧，谈得蛮投机。什么心里话都往外掏，理想呀，追求呀，家庭呀，交友呀……除了不谈国事，其他什么话题都有。俩人越说越来劲，心也靠得越近，本来两人睡在床两头，现在鼻尖对着鼻尖侃起来了。

“胡大哥——请允许我这样称呼你，你说说，女人即使美丽得像一朵花，待在这个叫可可西里的地方，也等于插在牛粪上了，还有什么价值？”

“老弟——也允许我这样叫你吧，我不想就你这个话题说下去，我只告诉你一个事实，雪莲花只有西北的雪山上才有，除此而外的任何地方都见不着，可是几乎人们都喜爱这种美丽的高原花。”

“噢，我明白了，你是说一个人的价值大小，并不完全取决于在什么地方。是金子总会发光的。”

“你扩大了我话题的内涵，我只是指女人而言。”

“有情之人所见略同，咱们想到一块去了。我就是只想谈女人，我此次来高原就是为女人而来，也要为女人而归。”

“原来你是身负重任上高原。如果我没猜错的话，你是要把叶萍背下山！”

“这只是一厢情愿。恕我直言，可可西里一直被人称为无人区，别的不说了，单就说水吧，缺得要命。我来的这两天一盆水用一天，清早洗脸，全天用它洗手，晚上洗完脚才倒掉。又苦又涩的生活！可是我纳闷，你们竟然有滋有味地生活着，为什么？”

“因为这里需要我们，还因为这里生活着一群男男女女，大家互相牵着，互相挂着，生活就不单调，也不寂寞。你不也被叶萍牵来了吗？”

“我不是被她牵来的，而是要把她牵下山。”

“但愿你心想事成，可是我看也难。”

“我真不明白，像叶萍这样才貌双全的女军人，到哪儿不能施展本事，偏要在这个遥远的可可西里来耗费年华？”

“你在这里用‘耗费’二字显得那么欠思量。叶萍是不是才貌双全，我不敢下这个结论，但是对你如此地贬低她选择可可西里，我真的不敢苟同。人各有志，也许叶萍认为她自己就该到可可西里来奉献年华。”

“何以见得？”

“她是个军人，军人服从命令在任何时候都是第一位的，否则，就别穿这身军装，肩上就别扛着几道几星的，这是其一；其二，她是个女人，女人就应该选择男人最需要她的地方去工作。可可西里不缺羊不缺狼，缺的恰恰是姑娘。叶萍和她的一伙同伴来了，可可西里的山乐了，水笑了。”

“听了你这番真言，我的感慨有二：第一，我真庆幸自己没有穿一身军装，但是我不悔不怨，我即使有一双翅膀，也不会飞到这个地方。第二，你对叶萍了解得这么深，这是我无论如何没有想到的。”

“你没有穿上这身军装，我也为你老弟庆幸，因为每个人的选择都应该得到别人的理解和尊重。至于你提到我对叶萍了解得深，实在过奖了。她是我们‘临时家庭’里的一员，我想我应该做的还没有做好。”

“‘临时家庭’？哼，据我所知，这个‘临时家庭’已经解体了，就剩下两个人了，一男一女，马上就会变成正式的家庭了！”

“我非常佩服你调查研究的细密且快捷。如果真有你所预言的那一天，我会给你留一杯喜酒。不过，我想这酒你是不会喝上的，因为这是一杯带醋味的酒。”

……

两个男人的对话中止。满屋子的臭脚丫子味，男人的脚气！

他们又变回原先的睡法，俩人颠倒了睡，所不同的是，没有抱着脚，那玩意儿太臭。

没有呼噜声。

可可西里的夜并不宁静。

火锅店的醇香

也许是男朋友没有铆足劲，也许是叶萍脚跟扎得太深，她终于没有被他拉走。当然，他此次高原之行还是有功劳的。起了催化剂的作用：胡明和叶萍的终身大事在他离开可可西里的那天夜里，就正儿八经地提上了日程。

这天的晚饭胡明和叶萍破例没有自己动手做，而是走进了医疗站左侧的楚玛尔河饭店。说是饭店，其实就是单一的涮羊肉。饭店很小，不足 30 平方米的帐房里摆放着五张桌子。气派且很大，门框上“天下第一涮”五个藏汉两种文字写的字，格外引人注目。何为第一涮？

一个月前，藏家姑娘白玛拉吉带着阿爸在野马滩饲养的一群特种羊，来到青藏公路边开办了这个小饭店。羊种优良，其肉自然就有别于一般羊肉了，汤鲜肉香。贴在饭店墙壁上介绍羊肉的宣传画这样写着：野马滩的羊是个宝，它吃的是冬虫夏草，喝的是雪线矿泉水，屙的是六味地黄丸，尿的是太太口服液。吃了这样的羊肉，壮骨开胃又健脑。

胡明和叶萍看了这则女老板自制的广告，同时会心一笑。胡明说，看来这个小饭店一开张，以后有了病人就往这儿送，我们的医疗站该关门了。叶萍说，你别说，这老板娘很有文学才华，广告词不错啊！她的话音刚落，白玛拉吉就从里屋走了出来，说，二位千万别夸错了人，我可没有这本事，这广告词是特地请了你们医疗站一位才女拟写的。胡明马上追问，哪位才女？白玛拉吉回答：阿袁。胡明和叶萍久不作声，他们真思念这个"临时家庭"里的好友，她总是在人们料想不到的角落表现自己的才华。可是，她已经离开了可可西里呀！女老板诡秘地一笑：这是她在这里吃最后一次晚餐时的留念。

开涮以后，他俩边吃边聊，轻松，舒心。果然这羊肉口感极好，肉酥且嫩，香气一下子就渗遍了全身每一个毛孔，而且弥漫在周围的空气中，使人感到整个身体仿佛都泡在了醇香中。心情爽再加上这美味的涮肉，双倍的香。

男朋友虽然走了，但是两人的话题始终没有离开他。自然瞄准的是他，射中的目标是他俩自己的事。

"叶萍，阿袁飞了，他也走了，这'临时家庭'是改朝换代还是继续维持下去？"

“别想美事了，我是准备清清静静地长期过单身生活。起码在一段时间里我不想结婚的事，好好回想回想已经过去了的日子，再考虑考虑今后的前程。”

“这样你不觉得太苦了吗？哎，对今后的日子，你能给我说个大概的轮廓吗？”

“当然可以。妈妈准备把我调回西安。”

“真有这事？”

“怎么，你已经听说了？”

“风言风语的话前一阵子就传到了我耳里，我没太在意，因为我根本不信。”

“就那么自信？”

“我也说不上是什么原因。”

“信不信那是你的事，事实确实是这样，妈妈要调我下高原。”

“我想知道，事情只是在议论中还是已经定下了？”

“妈妈说那边要人的单位是一点儿问题也没有了，只要我同意，咱们这边放人，就行。”

“那么，你是什么态度呢？”

“这不是请你帮着拿个主意吗？”

“我先要问你一句，你同意调走吗？”

“我想听听你的意见。”

这时，胡明急了，牙一咬，双眼一闭，说：“你走吧！”

叶萍更急了，问：“你掏句心里话，到底想不想让我留下来？”

胡明从叶萍的眼里看出了一种企盼，一种恳求，一种依赖。他便改了口气，缓慢而坚毅地说：“你留下来吧！可可西里需要你！

我也需要你！”

叶萍终于找到了可以歇着的靠山似的，依在胡明的臂弯里，浑身软软的，微闭着双眼，舒心地靠着他……

他俩忘了吃饭，竟然睡着了，抽起了鼾声。

羊肉的香味更浓更烈。

桌上的火锅不知什么时候熄灭了……

白玛拉吉远远地站着，静静地看着，甜蜜地看着，却不近前惊扰他们。她奇怪，火锅店开涮一个多月了，很少见到军人光临。今天来了这两个军人，一男一女，为什么如此相拥，如此甜蜜，忘了吃饭？

这是在戏剧中还是在现实中？是相逢还是分别？

她始终不愿惊扰他们。

夜深了。可可西里仍然醒着。羊栏里有一只羊在呼呼躁动。它给荒原又孕育了一个蓬勃的生命。

乌鸦也能报喜

可可西里依旧被无际的荒凉覆盖着，胡明和叶萍也一如既往地忙碌着，还是那么单调、寂寞。可是给人的感觉他们充满坚持的力量，这从走路时的双脚上能看出来，从说话时的语调上能听出来。

因为这是收获的季节。

他们的结婚几乎是在一夜之间完成的。转瞬间，全医疗站都被新婚的喜悦染得温暖了；转瞬间，这气氛又消失得无踪无影。一切又恢复了常态，可可西里寂寞得仿佛什么也没有发生过。

这是为什么？大概因为他们的结婚是那么的简单，简单到几乎没有什么先例可循。

举行婚礼的当天上午胡明还在手术台上忙着抢救一个车祸中受伤的司机。司机的伤势很重，救活的希望仅有百分之十左右。这大概是胡明能忘记自己大喜日子的足够原因。叶萍倒是请假在家——是家吗？仍然是单身楼里胡明住的那个房间，只是和他住在同屋的另一个医生搬走了。屋里男人的臭脚丫味，任叶萍把窗户开得再大，仍然不能完全消散。就在她不知道要做些什么时，忽然觉得结婚得有一张双人床，显然可可西里是买不到双人床的，去格尔木买又来不及。她只得把屋里的两张单人床一拼，得了。然后她才开始布置新房，打扫地面，给墙壁上贴报纸，贴窗花……

窗花？那是阿袁从拉萨特地捎来的。没有信，只是一幅喜鹊登枝的剪纸窗花。捎窗花的人说，阿袁讲了，她衷心祝福你俩永远幸福。

窗花贴在正中的窗玻璃上，阳光洒满窗棂，那只喜鹊好像活了，正喳喳地叫着，尾巴一撅一撅的。

这使叶萍很自然地思念起了同屋女友阿袁，心中涌上一股怜悯之情、愧疚之情。她便情不自禁地自语道："阿袁，你回来吧，咱姐儿俩好好聊聊天，我心里有许多话要给你说！"为什么会有这样的念头呢？她也说不清。

爱情这东西就是这么自私，甚至自私到残忍的地步。要不老祖先为什么会留下一句话：情场就是战场。当然，不是说爱一个人就必然要恨一个人，乃至要杀掉另一个人，这不是规律。但是，爱和恨任何时候都摆在一起，这是毫无疑问的；另外，还有一个现象是明白无误的：一旦所爱的人到手，这时得胜者便出人意料地变得大方起来，宽容一切的大方，包括对情敌也可以表现得高姿态。

我不知道阿袁送这幅窗花时的真实心情，但有一点恐怕可以肯定：她心里不会很平静。至于接受窗花的叶萍的心情，我推测，恐怕比阿袁要更复杂一些。

不要想那么多了，过去的一切都让它过去吧！生活要从头开始了——叶萍这么想。那夜，她就是以这样的心情，扑进胡明怀抱里的。

事情发生在次日早晨。

结婚恰逢双休日，胡明和叶萍不必踩着起床号起床了，痛痛快快地睡到自然醒。睁开眼来，满屋通亮。打开窗户一看，昨晚落雪了。

这时，那幅窗花跳进了俩人的眼里。叶萍心里依然像昨天贴窗花一样美滋滋的，胡明却似乎发现了什么问题，他瞅着窗花不换眼地望了好久，眉头渐渐皱起……

"叶萍，你细细看一下，那是只喜鹊吗？"

叶萍好像被提醒了似的，急忙细瞧起来……她不由得"呀"了一声，低下了头。那只在枝头鸣啼的鸟儿原来是一只乌鸦……

叶萍伸手要去撕碎窗花，被胡明拦住了：

"不必生这么大的气。被人称作'生命禁区'的可可西里，能飞来一只乌鸦也是可喜的事情。她阿袁就不懂得这一点！"

远方的天空

月亮、太阳悄悄地在可可西里轮回升落。逝去的日子把医疗站的白房子镀成了斑驳的硬壳。

贴在窗棂上的那只乌鸦也变成了白色的，如不仔细辨认，很难看出是乌鸦了。

胡明说，它还是乌鸦，一只报喜的乌鸦！

沿着医疗站门前的那条伸入戈壁的路走下去，就会抵达远方。

远方有她日夜思念的丈夫胡明。

远方的天空，会是什么呢？

叶萍凸起的肚子，渐大，渐长，直到体内渗出光芒为止。

说来也奇，也巧。就在胡明和叶萍结婚那天，那只小藏羚羊突然从医疗站消失了。次日，牧人才满面喜色地跑来，说：藏羚羊回来给我们报喜了，你们要结婚了！

各拉丹冬遇难

人们一直在等待春天，可是收获偏偏在秋季。

在叶萍怀孕 7 个半月时，胡明改变了原准备回西安陪她生孩子的打算。严格讲这并非他的本意，是领导派他进各拉丹冬随一个科考队执行一次医疗保障任务。领导在强调了“任务特殊，组织信任”之类的话后，拐了个弯，说了以下颇有人情味的话：

“关于叶萍生孩子的问题我们不是没有考虑到，那怎么可能呢？最后之所以下狠心让你去执行这趟任务，又是去那么艰苦的地方，确实认为只有你才能担此重任。胡明同志，你就委屈一点吧，按时保质保量地完成这次医疗保障任务。到时我们给你戴红花庆功！只有 20 天的任务，你回来后我们护送你和叶萍回西安。”

这样的话，胡明听得多了，已经无法激动起来了。谁让他是医疗站的“台柱子”呢？肩膀硬朗的人，就应该挑起重担。

各拉丹冬雪山海拔 6621 米，是唐古拉山脉中的最高峰。“各拉丹冬”藏语的意思是威武雄壮、高高尖尖的山峰。在这座高且尖的雪山中，簇拥着 20 多座海拔 6000 米以上的雪峰，宛如身披银甲的武士，矗立在青藏腹地。在这些雪峰肩胛之处，有 50 多条现代冰川组成的冰川群。浩浩长江就是从这里起源。

胡明绝无去各拉丹冬观光旅游的雅兴，因为两年前他有过一次各拉丹冬之行，是给一个江源探险队当随行医生。但是到这样一个神秘而美丽的地方去多少回他也不会腻歪；他也不担心完不成此次科考队的医疗保障任务，因为他有这个能力，再加上他的经验。那么，为什么他是那么的闷闷不乐，显得心事重重地踏上去各拉丹冬之路的呢？

白房子有一扇窗口站着她。妻子的目光望着远方。

正是这目光牵着他的脚步，使他步履艰难。

他不是那种能被儿女情长缠绕手脚的男人，可是，此次各拉丹冬之行对他确有点勉为其难。再有两个多月就有人叫他爸爸了，怎能不心花怒放？这两个月他会舍弃自己一切应酬，好好陪着叶萍，让小宝宝平平安安地在可可西里降生。他要依偎在妻子身边，听婴儿的第一声啼哭！

他就是这时候踏上了奔赴各拉丹冬的征途。应该说他心里有许多话憋着，但是他只能默默地为自己祈祷：早点回到妻子身边，让她忧虑的脸上焕出笑容。

白房子那扇窗口的目光，天天仰望着高处的积雪，她多么想把那些狠心的日子唤回来！可是，她彻底失望了。

胡明再也回不了可可西里了……

科考队执行完任务返回可可西里途中，头车翻车，车上除司机外其他三人全部遇难，其中就有胡明。

本来 20 天就能完成的工作，由于道路有时泥泞有时冰雪，延迟到一个月。胡明急于赶回医疗站，早一天出现在妻子面前。他还要陪她回西安呢。他等着坐第一辆车，可见他的心情有多急慌了。科考队一共五辆车，走在前面的车实际上就是探路车。进出各拉丹冬根本没有路，司机的感觉就是路，汽车轮子碾到哪里，哪里就是路。其实，轮印并不都是路，那一条条轮印里隐藏着探路时留下的多少“陷阱”！

一次，车子在驶过一层泛浆地时，陷进了深深的泥潭里，司机本想挣扎着把车开出去，谁料弄巧成拙，越陷越深，泥浆几乎没了车顶……

三天后，驻在山中的解放军赶到，从泛浆中拖出汽车，还有三具浆成泥棒的尸体……

未出生的孩子成了孤儿

胡明的尸体是在深夜两点钟运回医疗站的。从一定意义讲这个时间是个掩耳盗铃式的好时辰。夜幕可能暂时地遮掩住这具鲜活而多情的尸体，起码在天亮之前这段时间不让叶萍发觉丈夫已经不在人世了。

雪里毕竟埋不住火。

事实是当天夜里天还不亮，叶萍就趴在丈夫冰冷而泥泞的尸体上哭嚎了起来。那哭声像锯齿拉在钢板上，又像有人踩踏着碎玻璃碴。整个可可西里都被叶萍的哭嚎惹得淌起了眼泪。

哭声一直延续到次日中午。

没有人去劝这位要多可怜有多可怜的女军人。医疗站的人几乎都赶来了，他们默不作声地站在叶萍身后，悄悄地流眼泪。

严格地讲，叶萍新婚的新鲜滋味还没尝够，丈夫就永远地离她而去了。她是在最需要也最能接纳丈夫柔情爱抚的时候失去了丈夫。即将出世的孩子还没承受到人间阳光就成孤儿。

她的嗓音已经被哭嚎撕扯得很沙哑了。

当她明白撕肝裂肺的哭叫也不能唤醒已经长眠了的丈夫时，终于止住了哭泣。可是站在她身后的同志仍然热泪长流。

她开始用大家早就准备好的水为丈夫擦洗身上的泥尘、冰雪。这是他一生中的最后一次洗澡了，从此刻起他就到另一个世界去生活了，那儿能不能洗上澡还很难说，她一定要把他洗得干干净净。她却不敢去洗那张她熟悉的、此时被泥雪模糊得无法辨认的脸，便先给他洗手、洗胳膊、洗脚、洗腿、洗胸脯……对啦，要把脚好好洗洗。他一直有个好习惯，每晚都用热水烫脚。洗着洗着常常会情不自禁地呼喊她，媳妇，来帮我揉揉脚心，今天的手术站了整整六个小时，脚心有些疼。于是，她会放下手头的活儿，给他揉脚……

想到这里，叶萍忽然停止了擦洗。丈夫此次各拉丹冬之行，一月有余，跋涉了多少山道水路，他的脚能不疼吗？对，一定要给他揉揉脚心，因为他又要走远路了，而且这一回是他一生中走得最远最远的路，要让他轻脚轻心地上路。她便开始给丈夫揉脚心，揉呀，揉呀……

她最终还是无法控制自己的感情，趴在丈夫身上又哭嚎起来了……

仍然无人劝阻她。

叶萍，哭吧！要哭就哭得彻彻底底，哭得痛痛快快，哭得轰轰烈烈，把心中的苦水和委屈，全部地、干净地哭出来！

夜在流动，梦在流动，整个青藏高原都在流动。都因了一个女军人这撕心裂肺的哭嚎！

这哭嚎是一片易碎的薄冰，谁听了都会陷进冰下的深潭里……

从胡明离开人世的那天开始，小藏羚羊夜夜长嘶哭叫，有时甚至跑出医疗站的小院子狂叫。

黑色的黎明

戈壁滩骆驼草上挂着莹莹露珠的那个黎明，可可西里响起了有史以来第一声婴儿的啼哭。它划破寥廓寂寞的夜空，久不消失地回荡着，仿佛要告诉全世界每一个人，这儿终于有了新生的第一代婴孩。

胡明的意外遇难，出其不意地打乱了他们夫妻俩原先回西安迎接孩子出生的计划。叶萍无可奈何地只有在可可西里坐月子。

可可西里什么时候听到过雄鸡打鸣？从来没有。今天这声声婴儿的啼哭比雄鸡的鸣叫更能唤起高原人对黎明的向往，多少人从睡梦中醒来伸长脖子，耳朵贴着窗户倾听这比音乐还要动听的啼哭。

产房里，护士将婴儿抱到叶萍面前，满脸挂笑地说："叶姐，是个男娃"。叶萍听了，眼泪刷地一下就流了出来。儿子的出生使她更容易想起丈夫。胡明多次对她炫耀过，在可可西里这块宝地上，我不种出个男娃来，还算男子汉吗？

叶萍很快擦干了眼泪。她想，这一刻更多的应该是喜悦，起码要暂时地忘掉悲痛。她望着躺在身边婴儿车上的儿子，儿子的脸上还留痕着胎液，这脸对她是那么亲近，又是那么遥远。这张脸，还有这手这腿，昨天还是她身上的一块肉，在她体内无声地挣扎着，也许是向往可可西里那点缀着白云的碧透蓝天，也许是牵挂远在各拉丹冬的爸爸，今天就有模有样地躺在了她身边。真快！母亲是世界上最伟大的雕塑家，她塑造的是生命，是青藏高原的明天，是宇宙的精灵。没有哪一种诱惑能够超过从母体内分离出的小生命对母亲的诱惑力了！叶萍望着儿子粉嘟嘟的脸，足足“欣赏”了有半个小时，才把目光收回。随即，她的眼里不由得又涌出了泪花。

她怎能不想起胡明呢？在她的肚里刚有了儿子的雏形时，胡明就盼着儿子快快出生，盼着儿子叫爸爸，盼着儿子长大后也当医生，就在可可西里医疗站，接他的班。叶萍嗔怪地顶撞了他一句：看把你美的！如果生下个女娃呢，你的愿望不就泡汤了么？他马上改口说：生个女娃咱就让她在可可西里医疗站当护士，接你的班……

现在，儿子出生了，就在可可西里，就躺在母亲的身边。可是，爸爸呢，却永远地长眠在可可西里冰冻的地层之下了！

在失去丈夫的悲痛时刻里，儿子的出生给叶萍带来了极大的安慰。每当她出神地望着儿子的时候，她就忘了一切，心里只剩下儿子。儿子就是她的生命，儿子就是她的幸福，儿子就是她的所有。你瞧，儿子的脸，宽宽的略带方形，确实像胡明的脸。儿子的嘴唇，尤其是下嘴唇，翘翘的，跟胡明一模一样。儿子的眼睛，不大不小，黑油油的瞳仁好可人，那不正是个小胡明吗？还有那高高的鼻梁，那肥大的耳郭，那从小就能看出将来必定很宽阔的前额……不是活脱脱的胡明又是谁呢？

胡明在感情上的所有付出和这种付出所孕育的美好愿望，不就是有一天能听见儿子叫他一声爸爸吗？可是，儿子倒是来到了人世间，他却听不到孩子的声音了，也听不到妻子的呼唤了！

叶萍心中不灭的灯盏便是儿子那双一出生仿佛就能分辨出亲人的眼睛。

她在同志们为她临时准备的产房里，从早到晚地望着儿子的脸，看不够啊！只有在深情无限地望着儿子的时候，她才能暂时地忘掉悲伤，她才觉得自己还有活在这个世界上的必要和价值。

她已经走了太长太长的路，从西安出发去北京学习、参军，又自愿要求上青藏高原到了可可西里。她本已绝望，是儿子的出生救了她，给了几乎耗尽心力的她重新振作起来的动力。于是，她把过去的梦想收起来，丢弃在曾经闪光的里程标下面，踽踽而行，痛苦而不屈地接近人生的另一个平静的境界。她要活下去，为了孩子要活下去！为了长眠的丈夫能够合上不甘心的双眼要活下去！

一个军人寡妇的追求，心愿？

也许在有些人看来这种追求太卑微，太渺小。但是，就是这点可怜的追求，她也没有得到。很快，命运又一次扼住了她的咽喉，使她又一次绝望。

儿子出生后的第五个黎明，大祸就降临在这个刚刚睁开眼睛却还不认识世界的婴儿头上。又一个黑色的黎明。

医生和护士同时被叶萍的惊叫声唤到了病室：“快来看看，孩子怎么啦，他到底怎么啦？”

医护们看到，孩子脸色青紫，呼吸急促，身子不时地抽搐着。叶萍一边哭着一边诉说：“昨晚孩子还好好的，到了今天清晨他开始躁动，啼哭，后来就发烧。我很焦急，但总觉得他不会有什么大不了的，心里总是念叨着让他快快地好起来。谁能想到，他成了这个样子……”

医生给孩子做了检查后说，孩子是因为高山缺氧而得的病。叶萍忙问:“那现在该怎么办？”医生不语，轻轻地摇摇头。叶萍又问:“快讲呀，我到底该怎么救我的儿子？”

……

上午八点钟多点，出生才五天的孩子就停止了呼吸。他走时没有名字，爸爸先他一步走了，无法给他起名字，妈妈还没有来得及给他起名字。一个没有名字的男孩，一个没有户口的男孩，一个还没有享受父爱母爱的男孩，就这样不声不响地走了！

长江之源的楚玛尔河，还是那么细细地、浅浅地流着，越流越瘦……

包括医疗站站长在内的全体医护人员，围着悲痛得眼睛都失了神的叶萍。与失去胡明时情形不同的是，大家都在你一言我一语地劝着叶萍，让她不要太伤心，保重自己的身体比什么都重要。叶萍怀抱儿子，反反复复地说着这样的话：我为什么没有能耐救活我的儿子？我为什么就没有这个能耐？胡明，你为什么就这样忍心地撇下我们娘儿俩要走，你走了谁管咱们的儿子？……

就这样，可可西里出生的第一个婴儿，也成了这块荒原上夭折的第一个婴儿……

红柳作墓碑

叶萍怀抱儿子，在产房里呆坐了整整一天一夜，没吃没喝，也不讲话。你会有这样的错觉：孩子没有死，她却坐得入神了。

死亡在活着的母体中埋着。

直到次日清晨，当红红的太阳跃出雪山之巅时，她才抱起孩子，吻了吻他的额头，还有鼻尖。她没有回宿舍，也没有去食堂——那里给她准备的饭菜热了又冷，冷了再热，她一直没有动一筷头——而是走出医疗站的大门，径直向遥远的唐古拉山走去。具体到哪儿去？她不知道。去干什么？她也似乎不明白。她只是走着，走着，毫无目的地走着。

她好像听到胡明的呼唤声，胡明对她说，叶萍，这么冷的天气，你把孩子抱到哪儿去？她止步，那声音又消失了。当她再次走动时，那声音又响起了。她自言自语地说，胡明，我明明听见你对我说话，怎么看不到你人？你别跟我捉迷藏了，快出来！

胡明不回答。

叶萍坐在了冰冷的沙石地上，怀里仍然抱着儿子。

她又听见胡明的呼唤声了。起身，继续朝前走。初升的太阳把她的影子拉得很长很长，那影子也抱着一个孩子。

对影成四人，她不寂寞。

有一个人悄悄地跟在叶萍后面，始终与她保持着一定距离，跟随她向唐古拉山方向走去。

连叶萍也不知道走了多长时间，当一簇红柳出现在眼前挡住了去路时，她才停下了脚步。好像她走这么远就是为了找到这簇红柳。

整个可可西里见不到一棵树，红柳、骆驼草是这里唯一的绿荫。

那个一直尾随她的人也停下了。

叶萍回转身，发现阿袁站在身后。

“是你？！”

“怕你想不开，出什么事，我来陪你。”

“你是怎么知道我遭遇到如此难以预料的人生大难？你一定觉得自己是个胜者！”

“不，萍姐，你完全说错了。不要把阿袁想得那么可恶，我当初要求复员到拉萨去开饭店，从本质上讲不就是为了给你和胡明让路吗？当然我当时心里的痛苦是难以忍耐的，因为我太爱胡明了。我这次来可可西里是专门为胡明送别的，说心里话，我从来没有像爱胡明那样去爱一个男人……”

“阿袁，你不用说了，我们都是好姐妹，苦姐妹！”

“我来给胡明送别，没想到你们的儿子……”

“阿袁，别说了，我们一起为孩子送别吧，他出生后就没有爸爸，现在有你这么个好阿姨，孩子在九泉下也会高兴的。”

俩姐妹紧紧拥抱在一起。

她们为孩子筑造最后的家园。没有锹也没有镐，两双手在坚硬的戈壁滩刨挖着。说戈壁坚硬，是因为冻结着，是因大大小小的沙砾牢牢地锈死在一块，是因为她们的手刨挖得麻木了，没有劲了。俩人谁也不吭声，只是埋着头挖，挖……

土堆逐渐变高，变大。坑逐渐变深，变小。当挖至半人深时，叶萍对阿袁说，就这样了，让孩子躺在里面，他会满意的。阿袁说，是不是再刨深一些，让孩子睡得安全、暖和。叶萍说，不，再挖下去就是永冻层了，孩子会受凉。就让他躺在永冻层之上，千年不烂，万年不化。这红柳是他的墓碑，给他做伴，还能给他遮风挡沙。

这时，阿袁从手提包里拿出一件小藏袍，说，这是我特地从拉萨买的，给孩子穿上吧，他是在藏区出生的，他又永远睡在藏区。他是半个藏族娃娃。

叶萍不说一句话，任凭阿袁给儿子穿上了藏袍。

她俩将孩子埋在了戈壁滩。红柳簇旁隆起一个小小的土包。

许久，叶萍和阿袁又将小坟包平掉了，不留坟包、不留标志。红柳就是娃的坟，娃的碑。

叶萍从衣袋里摸出一盒纸烟，抽出一支，点燃，坐在坟前，吸起来。

阿袁用惊愕的目光看着。

叶萍不会抽烟，她是借烟消愁。她只吸了两口，就吐出了一股烟雾，同时伴随着一番对儿子的话语：

“孩子，妈是在生下你这几天才学会抽烟的，心里太闷太憋，吸口烟解解愁。没有人跟妈说话，你爸爸走了，现在你也走了，就剩下妈妈一个人，才学起了抽烟。孩子，你为什么出生五天就要走呢？肯定是爸爸妈妈在什么地方做了对不起你的事，伤了你的心。对啦，生你的时候你爸爸不在我身边，他到一个很远很远的地方，完成领导交给的重要任务去了。他这一去，到现在也没回家。孩子，你是会见到他的，他已经告诉妈妈了，他在各拉丹冬雪山等你。爸爸说他永远也不回家，就是为了和你团圆。孩子，见了爸爸替妈妈问个好，就说妈妈很想他。可是要记住一点，千万不要给爸爸说妈妈抽烟的事，他这一生从来没抽过一支烟，他最反对别人抽烟。如果他知道妈妈成了烟鬼，他会伤心的……”

听到这里，阿袁再也无法控制自己的感情了，她扑上去，抱住叶萍，声泪俱下地说：

“萍姐，你怎么就这么苦命，你不要再说了，我的心都被你撕碎了！”

俩人又紧紧地相抱在一起……

将军来信了

下班后，叶萍急步回到了家。

家？这间小平房曾经是他们三个快乐单身尽兴的地方，后来成了她和胡明的新婚之家。现在是什么呢？空空荡荡，女军人的单身宿舍！

她拆开一直不敢展示的那封信，心儿在嗵嗵地跳。这是北京的来信，写信人是当年倡导设立江河源医疗站的那位中将，她的叔叔。正是他把叶萍引荐到了可可西里。现在他来信了。

为什么心跳得这般厉害？叶萍说不清楚。

她拆信时双手不住地颤抖，身子也有点坐不稳。她不得不靠着墙壁开始读信。

展信，她没有把它读出声。心中的声音却很大，一个苍老的类似哭泣加上企求的声音——

叶萍吾侄：

我不知道此刻你在做什么，哭呢还是蒙着头睡大觉，或像以往一样在工作岗位上忙碌着。你做什么，叔叔我都能理解，甚至包括理解你对我的怨恨。你知道吗，这时我正躺在医院里给你写这封信。叔叔今年75岁了，老了！三天两头都住院。这些年，我自个提笔写信，这还是第一回。

说实在话，给你写这封信时，我几次提起笔又放下了。我心里很矛盾，也无奈。真不知道该说些什么，该从何处说起。叔叔对不起你，欠了你还不清的“债”。

想当年，我也是个脚一跺，周围地面上的不少人都会跟着动起来的风云人物，要不我只说了一句话，可可西里怎么就会出现个医疗站呢？我始终为自己说的这句话而自豪，这是为群众说话！这个医疗站建立后解决了高原官兵看病难的大问题。这一点我至今不悔。令我深感不安的是另一方面的问题，这就是你今天遭遇的巨大不幸（你对自己的不幸，至今没有给我说过一个字，我还是从青藏兵站部一位退休老同志的电话里得知的）。这些日子我一直在想，如果当初我不让你去医疗站，不让你出这个风头，你今天的所有的不幸不就可以避免了吗？谁的心都是肉长的，不可能不考虑自己的利益。叔叔也一样。我当初是不是有点太无私了？你恨我吗？你就恨吧！

现在我是个退休将军，穿着便装，精瘦老头，出门时还要拄根拐杖。谁也不会认出我是当年那个威风凛凛的将军了。我还原成了普通老百姓，从本质上讲，跟咱们老家陕北黄土地上任何一个老汉没有两样。谁都会有这一天，我不认为这是苍天对自己的不公。那还是我退下来后不久，

66 岁时的事。一天,我骑着自行车上街。没想到家人反对,院里的人也不理解。他们都停止了行走,围观,像看怪物一样打量我骑自行车。有人还说长论短地说我这一辈子的下场好凄凉。弄得我十分尴尬,但我没理这些,照样骑我的自行车。后来骑车骑习惯了,人们也就不足为奇了。我现在是一个名副其实的普通老百姓,就是一个居民,就是个退休的老人,就是你的叔叔。平头百姓考虑问题的思路自然和高级将领不同了,我要过问油盐柴米,我要亲自跑儿女孙子们的事。叔叔向你赔个不是,也是道歉。你本来可以在别的地方为国家施展自己的才华,你原本应该拥有一个幸福的家庭。

这些日子,我半夜里常常从噩梦中惊醒。我没见过你的爱人,更没见过你的儿子,可是我在梦里都和他们见了面。他们对我怒目以视,好像仇敌一般。我不明白这是为什么。

你阿姨五年前就过世了,现在我的生活很寂寞。我和你阿姨一生有两个儿子,无女儿。阿姨盼女儿的心情直到她临闭眼还不甘心。当初把你从老家接到北京来上学,阿姨就是要把你当成亲生女儿来养育。她宠你,有时到了很过分的地步,这我不用说你是清楚的。眼下,我一个人很孤独地住在一套大房里,情不自禁地常常回忆起过去的事情。当然想得最多的还是你阿姨了。你阿姨一生爱唠叨,不随她心愿的事,她可以叨叨几个小时,对她的这种唠叨我曾经很腻烦。不懂得唠唠叨叨都是爱呀！那年送你到可可西里，她是坚决反对的，说我是拿着自家孩子的命运往自己的名字上增彩。我不同意她这么说，和她争吵了好几天。现在她已经走了，要不她会因为你今天的不幸非和我急红了眼不可。可是，我又能说什么呢？此刻，我很寂寞，也很烦躁，我多希望你阿姨能对我没完没了地唠叨。这样,我的心里也许要好受些。可是不能了，她永远地离开我们了！

孩子，叔叔无能为力帮你一把了，你们医疗站站长能办到的事，我也不一定能办成。你有什么委屈可以找叔叔倾诉，有什么要求需要兑现，还得找你的领导。叔叔希望你能坚强地挺立下去。可可西里有你的两个亲人长眠着，你是不会轻易离开的。你好好活着，在西部大开发中，可可西里会有美好的明天！

好啦，打住，不写了。等着你的回信。

你的叔叔

某月某日

信读完了。叶萍仍然将信展在面前，不肯收起。

宿舍里很静，四周没有一点儿声响。如果说寂静是可以忍耐的话，那么此刻这死一般的寂静里藏着能烧毁人心的烈火。

她不打算给叔叔回信，回信又能说什么呢？

但是，她准备回一趟北京，和叔叔好好谈谈。谈什么呢？她不知道。真的，一点儿也不知道！

为藏羚羊祈祷

可可西里有无数条腿在移动，一片踢踏声。

踏出了流水的声音。

一年一度，藏羚羊从卓乃湖、太阳湖产仔后，成群结队地返回栖息地。少者数十只，多者几百只乃至上千只。

藏羚羊的世界！生命躁动的季节。

这时候，叶萍照例会穿着合身而整洁的军装，佩戴肩章，以一个标准的中校军官妈妈的英姿站在儿子墓前，远远地瞭望着那一群又一群欢奔而过的藏羚羊。她的心里溢满喜悦，她知道长眠在地下的儿子也一定很高兴。有这么多的藏羚羊，儿子就不会寂寞了。它们是儿子的伙伴，也是儿子的卫士。

算起来，儿子才 10 岁，他需要这些活泼可爱的藏羚羊。

还有，胡明在这个季节能闲着吗？他肯定带着儿子一起跟着藏羚羊奔跑！

叶萍静静地站着、看着那些藏羚羊，祈祷它们平安回家！

现在，她特别珍惜生命。

不过，她还是过早地老了。才 30 岁出头的人，怎么鬓角就渗出了缕缕银丝？

……